若真有情，愿你爱得尽兴

勺布斯 著

湖南文艺出版社
HUNAN LITERATURE AND ART PUBLISHING HOUSE

博集天卷
CS-BOOKY

若真有情，愿你爱得尽兴

前 言

如果有人问我，在你的人生里，最重要的事情是什么。

我会回答说，是用文字，认真地记录生活。

也许是因为察觉到，记忆总归是个不可靠的东西。

而当它们全部变成文字的时候，过去发生的一切，

也就变得有迹可循。

于是近乎偏执地记录那些真实发生的事、翻涌的情感，

以及脑海中瞬间闪过的画面。

这是我的第一本书。

书里的文字，都是这些年积累下来的。

关于生活。

关于内心。

一直都觉得，文字应该是真诚的。

它真实记录内心变化，是关乎成长的东西。

每个人都有过去。

你也许和我同样，曾为生活中的困扰而沮丧，

为离别而神伤。

你定会度过许许多多独自生活的日子。

可正是那些日子，让你得以成长。

让你有更多的力量，去追逐一个更好的自己。

我们都走过相似的路。

不久前，我特别喜欢中岛美嘉的那首《曾经我也想过一了百了》。

在唱到最后的时候，画面里这样写道：

  "为了描写浓烈的希望，

  就必须先描写深层的黑暗。

  人生亦是如此。"

若真有情，愿你爱得尽兴

即使现在的一切不是你想要的，

可总有一天，你会走出来。

不依靠任何人，只是自己。

然后过上自己想要的生活。

你也会遇见那个你想要与之相伴终生的伴侣。

所以别灰心。

在这本书里，你会看到我这些年的心路历程。

从开始的晦暗，到最终收获一份安稳的恋情。

我在我自己的人生里努力着。

愿你也是一样。

也许你会发现，即使当下并不完美，可生活依旧斑斓可爱。

若真有情，

愿你在这灿烂生命里，

爱得尽兴。

前言

目录 contents

UNIT 1

时光沉淀成了故事

若目光可以表达

我们愿意微笑不说话

若将心藏在某处

也许在故事里就能够抵达

若目光可以表达，我们愿意微笑不说话

◆

一直以来都很喜欢写故事，从没问过自己为什么。

直到有天朋友问我，为什么每天工作那么忙还要写故事啊，累不累？

然后我回答说，是因为脑海里会出现很多人物，他们在心里对话。忽然某个人跳出来，跟我说，喂，写写我的故事啊！我都在你的脑海里待很久了不是吗？！于是打开电脑，敲击键盘，将他对我说的话写出来。那些文字就都变成了故事。

和是否感到累没什么关系。反正我们总也没法停下来的。

我的意思是说，若不用某种事物——比如喜欢做的事或者工作——

若真有情，愿你爱得尽兴

将生活填满，我们总会感到绝望。

为了不让自己思考停止，行动停止，呆呆坐在沙发上感到绝望，或者将那些可以用来创造的精力去放在和别人争吵和愤怒的情绪发泄上，于是选择了写故事。

而至于故事本身，倒的的确确是诱人的体验。原本是自己要将他们写出来的，可写到最后，却又好像完全不听自己指挥了。每个人物都活了起来，他们在故事里做自己应当做的事。作者本身也不能主宰了。

写故事的感受是如此，那么阅读它们的时候呢？

偶尔会读以前写的故事——当然是忍着脸红的。尤其是那些很久之前写过的，总会因稚嫩而觉得不好意思。

不过没关系，故事写出来就是写出来了。该读还是要读的。

在这样阅读的过程里，却忽然发现，那些自以为偶尔蹦出的人物和灵感，其实都是在写自己。只是把身边的一切都藏在了故事里，将敷在表层的东西掀开才发现，哦，原来那就是对于过去真实的记录。

那么，我们是不是都一样呢？

喜欢在故事里隐藏自己，隐藏自己真实的情绪和想法。在读故事的时候，深切融入到了故事中，短短一段时间里，过着另外一种人生。

那是你，也不是你。读完了故事，过自己的生活。一切好像都没有改变，但内心里隐隐知道，是改变了什么的。

至少，你对某些事物的看法改变了。

后来我们才明白，那不是隐藏，而是寄托。

UNIT1
时光沉淀成了故事

我们不只是想要活在现实的世界里，还希望能够生活在另外一个地方。

那是想象的世界，和身边相似又不同。它们也许美好，也许更为真实。

于是我们和喜欢的人，和身边的朋友，共同分享喜欢的故事。将自己想要表达的东西，全部放在了故事里。

因为我们知道，许多话也并不是一定要说出口。

因为一旦说出口了，便没有了深藏在心底，细细品味的魔力。

那样美好的感受，若是直来直往，便会毁了它。

我们怎能毁掉美好呢?

若目光可以表达，我们愿意微笑不说话。

若将心藏在某处，也许在故事里就能够抵达。

若真有情，愿你爱得尽兴

1.

咕噜

当我从床上爬起来的时候，外头的天刚刚亮起鱼肚白，书桌上的电脑还开着，散热风扇嗡嗡响，烟灰缸里满满都是烟头。

我跌跌撞撞走到椅子上坐下，紧紧掐了掐脑门，然后就这么坐着，直到朝阳升起，我点起一支烟。

欢欣跑来找我是那天下午的事，我坐在书桌前把泡面吃得刺溜响，她坐在书桌旁的椅子上，眼睛一眨不眨地看着我。空气里混杂着香烟、泡面以及臭袜子的味道。有什么东西腐烂了。

我仰起脖子，把汤通通喝光，咕噜咕噜，咕噜咕噜咕噜，还打了个饱嗝。

昨晚又喝多了？

若真有情，愿你爱得尽兴

嗯。

总这样下去可不是办法。

怎么？

对身体不好呀。

习惯了。

头痛吗？

嗯。

我给你揉揉。

我看着欢欣，她也在看着我，大大的眼睛忽然弯了起来，露出一个我无比熟悉的笑脸。阳光打进窗，照出空气里的微尘，打在欢欣脸上。

我想，时间真是个神奇的东西，不管多荒唐的事物，只要加上漫长时间的跨度，似乎就变得格外合乎情理。

都在那里了，一直都是那个样子的，从开始到现在，从无更改，只有衰败。

咕噜咕噜，咕噜咕噜咕噜。

喝水的时候一定会发出这种声音吗？

不一定，有的时候会，有的时候就不太会。

那什么时候会，什么时候不太会呢？

想要吸引你注意的时候会，一个人的时候就不太会呀。我擦了擦嘴边的水说。

欢欣疑惑地看着我，然后就那么笑了起来。

夏天，阳光洒下，整个操场空空荡荡。

　　我刚刚升到大学，从北方的一个小城市，坐上长长一趟列车去往南方。走到校园里的时候，看到两旁郁郁葱葱，植满许多我不认识的树，树荫下有长凳，欢欣坐在树下读书。两旁行人很少，我在阳光下站了一会儿，然后拿出水瓶走了过去。

　　我喝掉大概两瓶水的时候，欢欣将头抬了起来。

　　先是看向远方某处，接着眨了一下眼睛，再轻轻抬起头。

　　很久之后，欢欣问我，为什么那时候我会走过去找她搭讪。我闭上眼睛想了很久，然后笑着对她说，大概是天气太热的缘故吧。

　　欢欣抿起嘴巴，然后请我吃了一个栗暴。

若真有情，愿你爱得尽兴

　　后来我想，我和欢欣之间的感情，到底是在什么时候出问题的呢？从大学到毕业，再到我们两个开始工作，在很长很长的一段时间里，我们一直都很顺利。

　　我们在广州的老城区租下一套房子。

　　我们结伴去各种不同的地方旅行。

　　我们看喜欢的电影，读一样的书籍。

　　只要还能坐在一起，哪怕安安静静什么都不说，也会感到很快乐。

　　可能，我是说可能，生活原本就不该如此顺利的。所以当一段感情长久持续在这样的状态里时，就会有一种莫名其妙的冲动跑出来，去制造

UNIT1
时光沉淀成了故事

一点问题。

于是有一天，当欢欣还是像从前那样坐在我面前安静读书时，我看着她的脸，忽然感到无比厌倦。

我走出门，一个人走在街上。

那是广州的冬天，比起北方格外温暖。街上的树木四季常青，我好像看到许多年前，我第一次见到欢欣的那个午后。

阳光，操场，还有炙热的空气。

有什么画面悄然破碎了，我能够感觉到那是我多年珍藏的美好的东西，可是当它破碎之后我却一点也想不起这画面原本的样子。

就好像未曾拥有过一样。

第一次沉默发生在新年即将开始的夜晚，我喝了很多酒，一步一步走在广州的夜色里。头顶是灿烂的星光，找不到月亮。

欢欣站在巷子口的红灯下。刚刚下过一场雨，空气难得有点冷，她穿着半袖，双手抱肩昂起头，似乎是在寻找着什么。

我径直走了过去，没有打招呼，只是安安静静地路过。然后欢欣跟了上来，像以往每一次我醉酒回家的夜晚那样，携着我的手臂。

为什么没叫我呀？欢欣问我。

我从口袋里拿出烟，顺便将手从欢欣的怀抱里挣脱。

怎么不说话？

没。

明天是新年欸，以为你会回来陪我过，所以做了很多菜。

嗯，公司里很忙。

很辛苦吧？最近。

若真有情，愿你爱得尽兴

是啊。

我们两个，好像很久没话聊了呢。

是啊。

··········

··········

喂。

什么？

咕噜咕噜，咕噜咕噜咕噜。

我侧过头，欢欣做出喝水的样子，然后对着我微笑。

北方和南方。

一千公里的路程。

三个小时的时间。

飞机降落在北京机场。

我一个人走下飞机，寒风刮在脸上，刀割一样疼。

坐轻轨到达地铁站，又坐地铁到达火车站，辗转坐上回沧州的火车。

时间很快，只用了短短五十分钟。

走下火车的时候，是晚上八点钟。打开手机，才看到欢欣发来的短信，她说她已经到家了。

我在寒风中呆立片刻，只回了短短一个"嗯"字。

到处都是过年的味道，火车站人来人往，卖鞭炮的商贩在街上摆摊。

我已经很久没回来过这里了，每次都跟家里说工作忙，想起上次回来，似乎是在两年前。

UNIT1
时光沉淀成了故事

这些年忙着恋爱，忙着工作，活在自己的小小天地里，以为很快乐，回过头来想想，却早已忘了自己曾经历过什么。

和欢欣分手，是过年时候的事。酝酿了很久很久，却想不到只有等到一千公里的距离，才有勇气说出口。

因为没有机会见面，所以分别起来也就少了很多波澜。也许沉默本身就有着巨大的张力，安安静静的排斥总是会比争吵更容易让一个人死心。

家里的东西都收拾好了。

嗯。

我们还会见面吗？

还是不见面的好。

为什么？

不知道，可能怕争吵，也可能会怕其他的一些什么。说不出原因。

好，新年快乐。

新年快乐。

最后一条信息接收完毕，我删除了所有关于欢欣的东西。

我闭上眼睛坐在沙发上，拼命想回忆起什么。可是脑海中空空荡荡。

一切都消失了，我想。

北方的冬天格外难熬。

最冷的时候，房间里很温暖，屋外是另一个世界。

醒来看到外面下起了雪，雪花很大，像是从天上直接掉下来的。我很久都没看过雪了，穿上厚厚的羽绒服跑到外头，抬起头来，雪花就落到了脸上，有一瞬间的冰凉，然后融化。

若真有情，愿你爱得尽兴

雪下得很厚，能踩出深深的脚印。四周白茫茫一片，几个孩子在雪中嬉戏。

我开心了一会儿，好像这些日子以来的阴霾忽然一扫而光，世界比过去明亮，天空也变得格外晴朗。

我对着这样的雪，轻轻笑了出来。

我想，也许感情真的是一件很脆弱的东西，没有人知道它从哪里开始，也说不清是在什么时候消失。快乐与伤痛都在所难免，而时间会为你摆平一切。

大概遗忘也是一种可以锻炼的技能，开始的时候，我们以为没法忘记，可日复一日的锻炼让我们渐渐很少想起，直到最后遗忘在我们的身体中。

春节之后，我又从沧州返回了广州。还是一样的路程，内心却不是一样的滋味。

说不清，有点期许，也有点迷惑。一切好像是做梦。

下了飞机，走在回去的路上。我回到我和欢欣两个人一起居住的那所老房子，打开门之后忽然感到荒凉。

没有少什么东西，只是荒凉。

记忆打开闸门，我忽然想起我曾一度以为自己忘记的种种。

背包落在地面，我反身关上门，坐在自己的行李上，对着这所屋子行注目礼。从书桌到厨房，从窗外投射进来的阳光到墙上的相框。

欢欣只带走了属于她的东西，而留下了属于我们的一切。

我想再看一眼欢欣，哪怕一次也好。

我以为这件事应该不会太难，好，我道歉，以前说过的话都不算，我们不分手，还是好好在一起。像从前那样。从开始到现在，一切从未更改。只要我们不说，这件事情就没有真正发生过。

我像在黑暗中看到了一点光明，拼命向那个方向跑去，我相信只要跑快一点，跑到那片光明的尽头，就能找到希望，一切就能回到往常。

我给欢欣打去电话，没有人接听。

我给欢欣发去信息。我说，我们重新开始吧。

两个小时之后，我瘫坐在地上，喝掉了很多啤酒。手机的屏幕忽然亮起。

欢欣对我说，回不去了。

四个字，像四支利箭，正中胸口。

我仰起头，将啤酒喝得一点不剩。

当我从床上爬起来的时候，天空刚刚亮起鱼肚白。

我跌跌撞撞走到书桌前，一直呆坐到天亮。

我点起一支烟。

烟头在指尖一明一灭，我将自己维持在紧扼脑壳的姿势里，偶尔抬头看一眼墙上的钟。

欢欣在电话里说，下午会过来取走一点忘记拿的东西。我问她是什么，但她没有说。

阳光洒进窗，我忽然感到一点温暖，然后站起来给自己泡了一碗面。

门铃声音响起，欢欣站在门外。

随手打开门，我回到自己的位置坐下。

欢欣搬了把椅子坐到我旁边。

墙上的时钟嘀嗒作响。

若真有情，愿你爱得尽兴

昨天又喝酒了？

嗯。

总这样下去可不是办法。

怎么？

对身体不好呀。

习惯了。

头痛吗？

嗯。

我给你揉揉。

我抬起头，欢欣在对着我笑。我有点尴尬，朝她挥了挥手。

不太好。

错过这次可就没机会了。

真的？

真的。

我和欢欣对视着，我拼命想在她的眸子里找到些什么，那里是我曾经熟悉的地方，如今却再也找不到一点熟悉的光彩。

还忘了什么？我问她。

欢欣站起来，四下扫视着，摇了摇头说，不知道，隐隐约约觉得好像是忘了些什么，可在来的路上却总也想不起来，现在找不到了，我的脑袋可能是坏掉了。

我拿起桌上的水杯，咕噜咕噜，咕噜咕噜咕噜。

墙上的钟在转，喝光这杯水大概用了七秒钟。

一切都消失了，我想。

UNIT1
时光沉淀成了故事

2.

别把心给一个不想接住它的人

"你看那个花瓶，摔到地上就会碎的。"小悦说，在她那家开在运河旁的甜品店里。

我是上次回家时和她见的面。两年前我离开这个城市，正值小悦婚礼。想不到这次回去，她已经离婚了。

小悦原来的老公叫阿进，在当地一家民营公司做经理。高高的个子，头发总是打理得一丝不苟，勤奋好学又相貌堂堂，是很理想的交往对象。两个人经朋友介绍认识后谈了一年恋爱，然后结了婚。

婚后第一件事就是出国旅行。因为小悦之前听人说过，两个人在一起之后，一定要出趟远门，这样可以迅速知道彼此合不合适。

不过，小悦判断的时机出了问题，没在结婚前去，是在婚后去的。

若真有情，愿你爱得尽兴

于是，虽然在路上因为些小摩擦，两个人总是吵架或者冷战，让小悦觉得两个人特别不合适、彼此间有一种不可调和的矛盾，但还是没办法，因为已经结婚了。

在小悦从小被教育的爱情观念里，结了婚的人，就不能再离婚了。因为那是自己人生里的小黑点。小悦不喜欢自己的人生里有任何小黑点。

回国之后，小悦就回忆旅途中和阿进的那些小摩擦，无非是自己走路慢了一点累了一点，而阿进自己走自己的不等她，这让小悦觉得自己是个废物。而阿进向来独来独往的性格，又总是让小悦格外没有存在感。当然，这一点小悦在和阿进谈恋爱的时候就发现了，她以为婚后会好一点，或者哪怕是在短暂的旅途中会好一点。然而还是不行。

阿进永远都有自己的作息，每天几点睡觉几点起床，什么时间该吃饭，什么时间工作，什么时间学习，雷打不动。像一口钟。

小悦原本觉得吧，这样挺好的。阿进人踏实，而且也特别上进，日子肯定过不坏。可相处时间长了，又隐隐觉得不是这样。虽然小悦也实在找不出阿进的缺点。哪里都挺好的，就是……就是让她没什么存在感。

小悦说，那阵子，她老是觉得阿进不喜欢她，小心翼翼猜测他的心思，生怕他有什么不高兴。有次，在网上看到了一句话，说的是"和你之间的关系真脆弱啊，你关门的声音大一点，我就会觉得你讨厌我了。真的"。大概是这么个意思，小悦说，原话记不太清了。这应该是描写友情的句子，但不知道为什么，用在她和阿进之间的爱情上，居然也很合适。

然而，小悦还是不想改变什么。她觉得这样很好，换一个人不见得比阿进做得好。并且，她不喜欢那样不稳定的日子。她渴望安稳，富足，不喜欢轰轰烈烈，不喜欢生活里有什么幺蛾子。

都什么年纪了，爱不爱的没关系，两个人把日子过好了，比什么都强。小悦这么说。

接下来是段平顺的日子。阿进每天去公司里工作，到时间就下班回家。而小悦的那家甜品店也每天按时关门，早早回家给阿进做饭。

吃完饭之后，阿进回书房读书，小悦就坐在客厅里看电视剧。

很快，因为阿进工作努力，得到晋升。随之而来的是，应酬也开始多了起来。那阵子，阿进每天回家之后都是醉醺醺的。

小悦开始的时候也不在意，虽然不能常常在一起吃晚餐了，心里有那么一点点失落，但还是假装很高兴地鼓励了一下阿进。在他喝醉回家的时候，帮他脱掉鞋子，扶他在床上躺下，然后给他脱衣服。还会拿毛巾给他敷一敷脸。

小悦觉得，女人就该这样。男主外女主内嘛，他在外面风光，自己脸上也有光彩。

可是……

小悦说她其实挺想让阿进陪自己聊聊天的，今天她在店里都遇见了什么事，看了什么样的电视剧。

若真有情，愿你爱得尽兴

心里有很多话想说，但每次想要跟阿进说的时候，都好像张不开嘴一样。

小悦总是觉得，阿进有自己的世界。他们两个所处的世界不在一个时空里。只要阿进打开了自己世界的门，就会顺手给关上，将小悦挡在门外。

无时无刻不是如此。就好像旅途中那样，即使是两个人的旅途，可阿进还是在做着自己的事，无非是换了个场景罢了。还是在他自己的世界里，还是和她没有关系。

每天一起吃过晚餐后也是一样的，阿进站起来就去自己书房读书了。有时候也会帮小悦收拾一下厨房，或者干脆给小悦做一顿好吃的饭——这一点不得不称赞，阿进的手艺很好，比小悦做的饭菜要好吃很多。比如那天他做的鸡蛋羹就很好吃，很嫩。

小悦问他是怎么做的，阿进就告诉她说，先用煮蛤蜊的汤，与打碎的鸡蛋按一比一的比例混合，然后放在蒸锅里蒸十分钟。只要十分钟就好，然后关掉火。鸡蛋羹就会很鲜很嫩。

小悦很崇拜，夸奖阿进很厉害。但阿进只是摇了摇头说，没什么厉害的，只要按照流程去做就好了。从一走到十没什么可骄傲的。你看那条鱼，做得好吃是因为顺序处理得正确，而且放了糖和油。一切添加了糖和脂肪的东西都很好吃，这是人的天性。没什么神奇的。

小悦眼睛里的光就暗淡了下去。她知道，阿进又把自己关进了属于他自己的世界里。他把一切都变成了条条框框，变成了规则。可能，就连她和他之间的相处也是，是他人生计划里的一部分。可能就写在他的日程计划里。什么时候该和老婆吃饭，什么时间和她聊天，甚至可能连什么时间做爱都写得清清楚楚。

可生活原本不应该是性感的吗？为什么，一下子就变成了冷冰冰的规则？

　　小悦不喜欢这样。但她心里也明白，自己也找不到比阿进更好的男人了。阿进一切都很完美，像一件精雕细琢的艺术品。而和谁在一起不一样呢？还是过同样的生活。可能换了一个人，却没了阿进这样的自律。男人是很容易出轨的啊。与其那样，不如就这么和阿进一路走下去。

　　虽然生活并不精彩，也一点都不性感，可是，胜在踏实。不是吗？

　　但，不可避免地，阿进的应酬越来越多了。后来，不知道是哪一次，小悦一边给阿进敷脸，脑袋里一边冒出一个念头：我凭什么要这么干啊？为什么结了婚之后，我就该好好服侍你？为什么你就不能听我好好说一句话呢？

　　小悦心里一生气，把毛巾扔到了一边。顺便推了一把阿进。

　　这一推不要紧，阿进哇的一声，吐到了床上。

　　阿进曾经对小悦说过，这个世界上啊，好的念头总是一闪即逝，而坏念头却想要在心里深深扎根。

　　小悦没承想，这句话竟然在自己身上应验了。讨厌阿进的念头挥之不去，她一点也不想再看他一眼了。

　　也就是从那之后，小悦再也没给阿进做过一次饭。她开始过自己的生活，不再管家里的任何琐事。

　　而阿进呢，还是像原来一样，忙自己的应酬，忙自己的工作。不管几点回家，不管醉成了什么样子，每天还是准时起床。小悦不收拾房间了，阿进就自己收拾，而且收拾得比小悦更干净利索。

　　这让小悦觉得很挫败。她开始发觉，阿进的生活里是否拥有自己，

若真有情，愿你爱得尽兴

是一件非常无关紧要的事。他有自己的世界。两个人虽然在一个空间里，但一定不是一个世界。小悦无比笃定。

而拥有了自己的生活之后，小悦也再没有看过阿进的任何脸色——大概是脸色吧，小悦说，也可能是自己多想了，阿进从来也没有向自己表达过任何信息。一切都只是她自己在想而已。

不过没关系了，小悦说，爱怎么样就怎么样吧。即使阿进回来得越来越晚，即使后来他开始不回家了，小悦也觉得没有什么。她知道，她和阿进之间出了问题，但她一点也不想挽回些什么。她觉得，这个时候，应该是男人主动才对。

那时候，可能是赌气的想法吧，小悦对我说，其实还是有那么一点小希望的。就是，只要阿进向她道歉，好好说话，她还是会和阿进好好过下去的。

但小悦终究还是没等来阿进的道歉。她等来的，是阿进彻底地不再回他们两个人的房子里。

而且，那间房子被整理得一尘不染。

像从来没有人住过的房子一样。

小悦看着干净的房间，心里想着，是否，阿进的心也像这个房间一样呢，干净得像没有人住进去过呢？

小悦忽然感到气愤，非常非常地气愤，像一把刀子从心里蹿了出来一样。她觉得特别疼，又把那刀子握在了手里，谁在身边她就杀了谁。

当然，也就只是想想。怒气冲上脑门的时候，谁都没法避免。

后来。

UNIT1
时光沉淀成了故事

　　也没有过去很久的后来，就是半年之后吧，小悦和阿进再一次走到了民政局里。距离他们两个上次结婚刚刚过去一年，两个人签署离婚协议。

　　倒也还好，没什么争财产这样不体面的事。该是谁的给谁，谁也不少拿，谁也不多占。

　　小悦看着在身边一脸坦然签字的阿进，忽然觉得格外平静。很长一段时间里，她都觉得自己挺失败的，但如今她又觉得，一切都无所谓了。

　　她还是找不到阿进身上的任何缺点，一切都很完美。

　　可就是不能在一起过下去了。

　　虽然小悦知道，只要自己低头，道歉，阿进还是会和自己好好生活下去。没有瑕疵，相敬如宾。但小悦并没有那样做。

　　"为什么不那样做呢？"我这样问小悦。

　　然后小悦指了指放在她店门口的那个花瓶说："你看那个花瓶，摔到地上是会碎的。因为没有人接住它。心也是一样啊。怎么能把它给一个不想接住它的人呢？"

若真有情，愿你爱得尽兴

3.

后来你们没见面，只因大家不想见

　　我有个叫小贡的朋友，几年前喜欢上一个女孩子，那女孩长得很漂亮，性格也特别开朗。两个人是在一次聚会上认识的。从那之后，小贡就对那个女孩上了心。

　　不过呢，虽然小贡条件也不错，但两个人却没有什么浪漫结局，甚至连开始都没有。原因很简单，那个女孩当时正在谈恋爱。

　　小贡对我说，他知道当时那个女孩喜欢他，但两个人都明白，彼此是不能在一起的。因为对方有男朋友了，自己横插一脚，是一种非常不好的小三行为。

　　于是，小贡最后放弃了。而女孩在感情这种问题上，似乎从来都处在一个被动的位置，所以小贡放弃之后，那个女孩也没再坚持。

UNIT1
时光沉淀成了故事

好了，虽然从动机上来看，这像是一个渣男和渣女的故事。但幸好事实并非如此。往好里说是发乎情，止乎礼。一切都挺好的。

但，我要讲的故事在这之后。就是我们常说的，"很多很多年以后"。

其实也没用很多年，差不多三年吧，那个女孩和她当时快要结婚的男朋友分手了。而小贡呢，在这期间也没闲着，谈了好几个女朋友，但最后都没谈出什么结果。最后索性就一个人待着。白天安心工作，晚上没事就约上朋友唱歌喝酒，生活圈子固定，吃喝不愁，日子过得倒也安逸。

但是，毕竟当年的情谊没法真正放下——我的意思是说，虽然小贡打心眼里不在意了也不喜欢了，可还是忍不住想知道那个女孩的消息。也不是非要在一起，就是想知道。尤其是在那个女孩分手之后。

很快小贡在打听那个女孩的事情，被那个女孩知道了。两人没有见面，只是通过网络交流。

有时候聊过去的事，有时候聊现在的生活。开始的时候吧，小贡还抱着幻想，没准两个人经过时间的洗礼，又能走到一起了呢。

但慢慢地，小贡发现，他们两个其实没太多话可聊了。聊来聊去，都是当初那点事。比如那时我有多喜欢你，为什么两个人没有在一起，等等。

小贡觉得特没劲，不知道为什么，那会儿跃跃欲试的冲动，似有若无的情愫，此刻都被剥开了讲明了，一下子就变得无趣了。让他特别想要逃离。

尤其是两个人谈到未来的时候，小贡不知道该说什么才好，而过去又的的确确挺喜欢这个女孩子的，这会儿要是说不喜欢吧，就显得自己太薄情。于是也就应付着说些关于未来的话。可他自己都觉得特别尴尬。

若真有情，愿你爱得尽兴

两个人说见面，可拖了很久都没见成。于是联系也就渐渐少了。不知从什么时候开始，彼此之间的交流归零。

有一次，小贡打开两个人的聊天记录，发现距离上次聊天已经过去了两个月。他往上翻，看到两个人说着过去，说着未来，说着什么时间见面。最后又因为各种原因往后拖。

小贡有点欣慰，觉得这是最好的结局。因为两个人其实都默契地意识到，过去已然过去，再也没法重提。过去的自己，喜欢过去的对方，这是个事实无法改变。但此刻的自己，不再喜欢此刻的对方，也是个不能改变的事实。

如果说生活里最痛快的事情是什么，那大概就是面对事实了。因为我们只能承认。

然后小贡忽然明白，这个世界上，哪有那么多想见又不能见的人啊。后来你们没见面的原因只有一个，大家不想见。

UNIT1
时光沉淀成了故事

4.

没在一起挺好的

娇娇从上初中的时候就喜欢小鹏，像个假小子，整天跟在小鹏屁股后面跑。跟着小鹏读了高中，又因为小鹏，和他去了同一个城市上大学。

小鹏一直都把娇娇当哥们，一起喝酒，一起打球，还一起玩游戏。

娇娇对我说，她向小鹏表白，是上大二那年的事。两个人刚从网吧里打完通宵回来，清晨的马路上只有零星几个人。

小鹏一边吃卷饼一边和娇娇讲刚才打赢的游戏。

娇娇忽然跑到小鹏前面，张开双臂眼睛一眨不眨地看着他。

小鹏吓得后退一步说，你干吗？

娇娇说，董小鹏，我喜欢你。

小鹏一脸愕然，半天只说了一句，哦。

若真有情，愿你爱得尽兴

娇娇说，你要不要和我在一起？

小鹏琢磨了一会儿，摇了摇头。

娇娇眼眶红了。

小鹏说你别哭，我又不是没答应，你等我回去想两天成吗？

娇娇说，那等你想好了再来找我。

没再说话，一个人跑了。

三天之后，小鹏在娇娇宿舍楼下大声喊她的名字。

娇娇走下来问他，你干吗？

小鹏就从身后变出一束花说，这个送你了。

娇娇不接，说，为啥送我这个啊？

小鹏笑着说，那还不是为了跟你表白吗？

娇娇说，哦。

小鹏拉过她的手，娇娇没有拒绝。于是小鹏顺势就把她拉到怀里。娇娇把小鹏紧紧抱住，然后"哇"的一声，哭了出来。

大学时光过得飞快。

娇娇和小鹏很快就毕业了，两个人的感情从浓转淡，从淡又变成了习惯。中间有争吵，有挽留。有发毒誓永不相见。但是最后两个人都发现，谁也离不开谁。

娇娇总是觉得自己付出得多，小鹏理应对自己好一点。

小鹏又总是说，当初是你追的我，对我好点是应该的。

两个人一吵架便是这样一套说辞。

娇娇觉得委屈，一个人跑出两个人租的十平方米的小房间。在小区院子里的秋千上哭。

第一回，小鹏出来找。

第二回，小鹏过了半小时才出来。

再后来，小鹏干脆就不找了。

甚至有一回，娇娇跑出去两个小时，半夜才回来。看到小鹏还是坐在电脑前安安稳稳地打游戏，整个人都气炸了，走过去质问他，你为什么不来找我？

小鹏还是一脸愕然，说，你刚才出去了啊？

娇娇再也没有说话，回到房间里就收拾自己的东西。两个小时后，带着行李箱摔门而出，再也没有回来。

若真有情，愿你爱得尽兴

为什么不去追呢？后来有一天，我这样问小鹏。

小鹏说，他以为娇娇还会回来。可是他没有想到，那次之后，她就再也没有回来过。

找过吗？

找过。

然后呢？

还不如不找。

为什么？

我看到她和别的男人在一起了。

小鹏是在车站找到娇娇的。跑得满头大汗，在熙熙攘攘的车站里左顾右盼，终于在人群中找到娇娇的身影。小鹏跑过去，想对娇娇说，别走了，这次都是我不对，我认错，以后无论怎样我都会改。

然而当他跑到娇娇面前的时候才发现，娇娇身旁站着另外一个男人。

两个人手牵着手，一脸不解地看着小鹏。

小鹏对我说，那会儿他觉得自己就是一个笑话。

"我的意思是说，你要是那会儿看到我，没准还能笑那么一下。可我真就是个笑话。"

然后小鹏就灰溜溜地走了。从那之后很多年，再也没有恋爱过。

我听到这段故事的时候，距离小鹏和娇娇分手已经过去很久了。娇娇回到最初的城市里生活，而小鹏还留在那个城市里打拼。

因为朋友结婚，我和娇娇又见面了。

和印象里一直留短发，大大咧咧的样子相比，她像变了个人。长发

飘飘，还穿了裙子和高跟鞋，漂亮极了。

我向娇娇问起近况。

她对我说，离开小鹏之后，她其实过了很长一段难挨的日子。但幸好还是挺过来了。

"现在过得开心吗？"我问她。

娇娇说，不知道开心还是不开心，但是现在的男朋友对她很好。

我说，那就好。

"可总是感觉少了点什么。"娇娇一边看着台上的新郎新娘，一边笑着说。

我不懂，娇娇告诉我，就是她再也找不到当初对待小鹏那样掏心掏肺的感觉了，换了谁都不行。倒不是因为不爱，只是曾经用力过猛，伤了心里某一个地方。

"可能……付出太多的感情也不好。"娇娇若有所思地说。

若真有情，愿你爱得尽兴

"为什么？"

"付出太多的感情，就总是想着有回应，总是想着要索取。哪怕是看到一点点的改变也好，可是却忘了，要得越多，就越是什么都得不到。"

"……"

婚礼结束后，我们很快说了再见。我看着她和她的男人挽手离去，马上给小鹏打了一个电话。

我说你猜我看到谁了？

小鹏那边的声音嘈杂，什么也听不清，只听得到键盘敲击和喊打喊杀的声音。他让我再说一遍。

我摇了摇头，挂断电话。

当初一起生活的城市不舍得走，当初一起玩的游戏不舍得退出。

每个人都有自己怀念的方式。

有人遗忘，有人沉溺。

遗忘并非无情，只是当初真的付出过，结束也就没了遗憾。

沉溺也非太痴情，只是当初太辜负，所以才用自己的方式弥补。

没在一起挺好的，毕竟弥补这一切，并没有什么卵用。

5.

每个人的一生里，
都会遇见一个没有办法在一起的人吧

和石头见面，是在去往三亚一个叫陵水小镇的地方的路上。

三个多钟头的飞机，抵达时已经是晚上十一点钟了。

朋友安排了一辆车等在出口，司机是个年轻小伙子，相貌清秀，笑起来时会露出一排整齐的牙齿。他告诉我他叫石头。

"路上很辛苦吧？"开往陵水的路上，他这么问我。

"也还好。"

"北京很冷吗？"

"有一点，那边还在穿外套。"

"噢，我交过一个女朋友，也是北方人，那个地方离北京很近。我去她家里找她的时候，有去北京玩过。"

"噢，那你们的感情很好。"我仍旧看着窗外。看不见外面的风景，已经快要凌晨了，只能看到天上的星星。

"不，那次之后就分手了。"

"为什么？"

"她的爸爸妈妈不想让她嫁太远，我被赶了回来。"石头笑着说。

我扭过头，看了他一眼。他说完话从口袋里拿出一支烟，递给我问我要不要吸。我摇了摇头。

我们沉默片刻，大概十五分钟。外面路牌显示陵水的距离从50公里变成30公里。石头连续吸了两支烟，然后在剩下的30km路程里，和我说起他和她的故事。

石头曾经喜欢的那个女孩叫阿菁。

两个人在广东相识。那会儿阿菁在广东顺德一家生产电饭锅的工厂里打工，石头去的时候，阿菁已经在那儿待了大半年。

石头是南方人，阿菁是北方人。石头说，他第一眼见到阿菁的时候，就爱上她了。

我问他为什么，石头说他不知道，也不想知道。

"爱一个人的话，只要爱就可以了啊。"石头一边开车一边说，"爱是一个动词。"然后打了个响指。

我笑出声。

石头接着说，他用了两个月的时间去追求阿菁。因为不在同一个车间，平时加班又多，见面的机会就少。石头每周末都会等在阿菁的宿舍门口，一等就是一天。什么也不说，什么也不做。没人知道石头等在那个宿舍门口干吗。但是石头说，他相信阿菁会知道的。

　　于是，一个月之后某个周末的下午，阿菁和同车间的女孩子手挽手走了出来。长长的头发披散着，穿着花裙子。是认真打扮过的样子。

　　石头喜笑颜开地走了过去，然后对她说，我等你很久啦！

　　从那之后，又过了三年。阿菁换了几个工厂，石头也陪着她一起换。后来阿菁被家人叫回了家里。石头就等着，等了大半年，等不及了，石头就买了一张火车票，去阿菁家里找她。见到阿菁的时候，她的眼睛红红的。她说，他们两个不能在一起了。永远都不能了。

　　30公里变成15公里，再到只剩5公里。

若真有情，愿你爱得尽兴

"后来呢？"

"后来我说，那咱俩去北京爬长城吧，爬完我就回陵水。"

"为什么不再争取一下？"

"因为知道两个人已经不可能了呀。"石头笑着说，然后叹了口气。

他从后视镜上拿出一张照片，我用手机的光照着，是他和一个女孩子站在长城上的照片。

石头说，你看，我俩那会儿都挺高兴的。

他就这么朝前方笑着，从他的声音里，我听不出任何悲喜，也难以想象当初那段分别曾带给他怎样的伤痛。

石头告诉我，现在他很感激阿菁当年的决定，后来他从朋友口中打听过阿菁的消息，知道她不久之后嫁了一个当地人，很快又有了小孩，现在的生活很幸福。也许跟着自己永远不会有那样安稳的日子。

"会遗憾吗？"我问他。

"会。但还是很感激。"石头说。

"那也很好。"我说，将照片放回原处，然后继续看着窗外。

汽车仍在空旷的高速公路上行驶。

时光飞逝。

其实，每个人的一生里，都会遇见这样一个没有办法在一起的人吧。

很多时候，我们以为那是无法抵御的强烈爱情，最后经历悲痛分别，以为人生的遗憾不过如此了。时过境迁，一过好多年，再回头去看看那些荒唐岁月，竟要感谢当初那份不得已的选择。因为扞始懂得，原来"没有办法在一起的人"，其实就是"错的人"。

6.

可是我爱钱啊

欣笑回到家里的时候，看到整个房间乱七八糟的。零食袋遍地都是，还有因为擤鼻涕而扔到地上的团成团的卫生纸。桌子上有吃剩的泡面。打游戏的声音从卧室传来。

欣笑穿过合租房的走廊，看到骞泽正在客厅里眼睛一眨不眨地看着电视机，游戏手柄在手里摁来摁去。身边还放着随时擦鼻涕的纸抽。

欣笑默默走到骞泽身边，将他杂乱的东西全部规整完毕。

在这个过程里，骞泽一直注视着电视机里的游戏画面，时不时发出一点"哎呀""啧啧""我靠""牛×"之类的声音。

三月的北京很冷。

若真有情，愿你爱得尽兴

欣笑从公司回来，还没吃饭，捡起地上最后一个抱枕的时候，她站起来有点晕。稍微顿了顿才有所好转，可还是忍不住皱了皱眉。

"晚上吃什么啊？"骞泽一边看着电视一边笑着说。

"你和我说的第一句话就问我晚上吃什么？"

骞泽茫然回过头来。

"我工作了一天，下班回来还要帮你收拾屋子，你第一句话就问我晚上吃什么？！"欣笑几乎是在骞泽回过头来的瞬间这样说的，而且一点也不想控制自己的情绪。

"你这是怎么了？"骞泽脸上的笑容收敛，"什么态度？"

"你又是什么态度？！"欣笑针锋相对。

"你看不出来我生病了吗？"骞泽放下手中的游戏手柄。

"你看不出来我每天都很累吗？"欣笑把手中的抱枕摔到地上，"我受够了每天照顾你养你的日子了！"

然后欣笑跑回卧室，扑倒在床上哭了出来。留下骞泽一个人默默坐在客厅的地板上，看着欣笑扔在地板上的抱枕发呆。

骞泽是欣笑上大学时交往的男朋友，那时候骞泽高大帅气，几乎是每个女孩心目中的梦中情人。

而最终骞泽选择了欣笑，也让欣笑格外得意，成了每个女孩羡慕的对象。

从大三两个人开始正式恋爱，到毕业工作，已经过去了六年。在这六年时间里，欣笑工作格外努力，跳了几家公司，最终做到现在的总监位置。

而骞泽毕业后原本有机会回家，家里已为他安排好的国企工作，却因为欣笑选择留在北京。

只是大概过惯了衣来伸手饭来张口的日子，每到一个公司工作，骞泽总是待不长久。

欣笑问他为什么的时候，骞泽就说，他受不了公司那个气。

欣笑就笑骂他是少爷脾气，"如果你像我一样，有个爱喝酒又一身病的爸爸，还有个嫌弃爸爸，又因为家里穷没法离婚不得不将就和他在一起的妈妈，你肯定会拼了命地想要去赚钱。"

骞泽说，我会对你好的。那些你都不用担心，以后我也会把他们都照顾好。因为我爱你。

然后欣笑就笑了，可是我爱钱啊。

在欣笑和骞泽在一起的大部分时间里，骞泽都处在无业状态。

而这次无业时间最长，有半年多骞泽都在家里打游戏。

欣笑趴在床上哭。

她想起过去许多美好的事，想到还在上学那会儿，两个人口袋里只有几百块就敢去旅行。

那个时候多好啊，相信有情饮水饱，欣笑想，可是现在呢，现在呢。

过了一会儿，骞泽推门走进来，手里端着一碗面，笑着问她："喂，我给你做了好吃的，要不要起来吃啊？"

欣笑翻身坐起，看到站在门口处依然高大帅气的骞泽，她想要说点什么来缓和下气氛，但最终却什么都说不出口。

②

工作越来越忙碌了。

眼看年关将近项目收尾，客户的指标还有些没完成。而且最后的问

若真有情，愿你爱得尽兴

题还特别棘手，欣笑连续几个月都在为这件事操心。

自从上次欣笑在家里和骞泽吵过一架之后，骞泽就总是不时给欣笑发信息或者打电话。

那天欣笑正在开项目会，讲目前面对的问题和反思过去的错误时，骞泽的电话忽然打进来。

欣笑没有接听。

第二次，欣笑还是没有接听。

第三次打来的时候，欣笑和同事说sorry，然后走出会议室接起骞泽的电话。

"你在干吗？"骞泽说，语气听起来很急迫。

"在工作啊。"欣笑忍着不耐烦。

"为什么身边这么安静？"

"在开会。"欣笑努力控制着自己的语气，尽可能和缓地问他，"有什么事吗？打了三次电话。"

"哦，没事，我就是想问你晚上吃什么，我给你做。"

"估计要加班到很晚了，你自己吃吧，不用管我。"

"哦，好。"骞泽把电话挂断。

回到办公室，欣笑理了理头发，再次抱歉地说："Sorry，我们继续吧。"然后坐回刚才的位置上。

坐在欣笑旁边的老板高远看了她一眼。

欣笑低下头去。

会议结束后，高远示意欣笑和他一起走去阳台。

傍晚阳光打在林立的大厦上，折射出一道道好看的光晕。

"最近状态不太好？"高远说。

欣笑低下头说："对不起。"

"身体方面的问题？"

欣笑摇了摇头。

"哦，那大概就是感情方面的问题了。"

欣笑不好意思地笑了笑。

高远说："公司里最重要的客户一直都由你负责，如果这次挺不过去，公司可能就没法再开下去了。"

沉默了大概有十秒钟，欣笑说："我会做好的。"

高远拍了拍她的肩膀："别叫我失望。"

开门的声音响起。

高远离开了。

欣笑一个人站在阳台上。

落日余晖打在她身上。

她转过身看着这夕阳下的都市，车流不息，人潮熙熙攘攘。

然后欣笑低下头，轻轻攥了攥拳头。

③

欣笑觉得骞泽最近变得越来越奇怪了。

他不停给欣笑发信息，问她在哪里，吃了什么。

有时候，欣笑稍微忙一点，就忘了给他回复。骞泽就变本加厉打过来。

这让欣笑感到格外疲惫。

不止一次，脑海里出现想要结束这段关系的念头。

工作压力越来越大，她希望感情能够顺利一点。如果感情不顺利的话，那么没有感情也许就会变得顺利得多吧。欣笑这么想着。

　　上次收尾的客户终于还是出了问题，最后一个环节没有达到承诺的指标，客户大发雷霆。

　　欣笑忙了好几天，半夜里将应急方案改了又改。然后第二天和老板一起去甲方的公司里。

　　整个会议的氛围格外沉闷。

　　高远不停地和客户道歉，承诺说一定会找到更好的补救措施。

　　最后——欣笑永远都忘不了那一天——客户指着欣笑连夜修改出来的方案对她说，这些方案，都是垃圾。

　　欣笑和高远一起走出了客户的大厦。

　　谁也没有说话。只是原本晴朗的天空也好像变得格外阴沉。

　　两个人默默走了大概有两百米的路程，欣笑忽然听到高远对她说："欣笑啊，明天去找HR领三个月的薪水，办一下离职吧。"

　　欣笑的脚步忽然顿住了，像钉子一样地顿住了。对忽然发生的一切有点难以置信。

　　她快步跟上走在前面的高远，请求他再给她一次机会。

　　但高远摇了摇头。高远说："给你的机会太多了。"

　　欣笑跑到前面，拦住高远，很认真地恳求说："只要一次就好，而且最近我一直都在很努力地挽回了。"

　　高远摇摇头，他说："这个客户被你丢掉了，整个公司来年维持下去都会很困难。我也是没有办法才做了这个决定。"

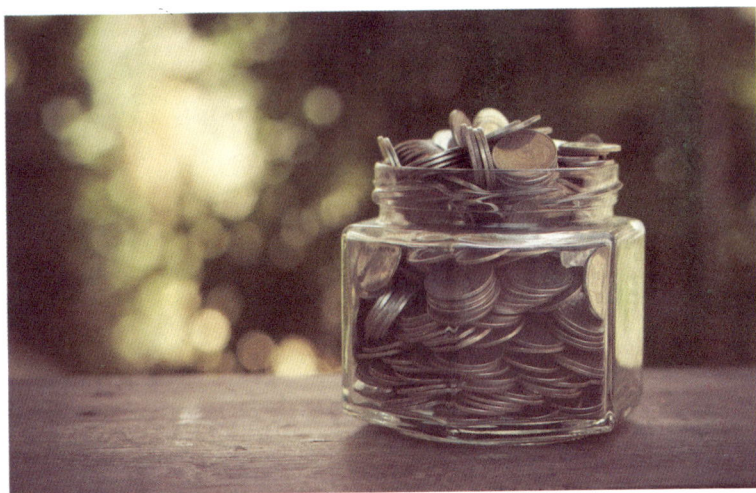

然后他对着欣笑，一字一句地说："欣笑，你让我失望了。"

阳光打在欣笑的脸上。

欣笑觉得自己格外可笑。

真是讽刺呢。她这么想着，觉得自己真的是个垃圾。

骞泽这个时候打电话过来，问她在哪里。

欣笑说："我在复兴国际大厦。"

骞泽说："好巧啊，我也在这附近，我去找你，我们两个人一起回家吧。"

欣笑想要拒绝，但又想不出好的理由。于是只好说："好啊，你过来吧。"

十分钟后，骞泽手里拿着一束百合走到欣笑面前。

若真有情，愿你爱得尽兴

他对欣笑说："刚才面试了一家公司，他们对我还挺满意呢。"

"然后呢？"

"我不想去。"

"又不想去。"

"嗯，工作的环境不太好。"

"你想要什么样的环境？"两个人一起朝前走的时候，欣笑忽然顿住了脚步，"你到底想要怎么样？"

"你……怎么了？"骞泽有点莫名其妙。

"求求你争点气好不好？求求你像个男人一样好不好？"欣笑的眼泪流了下来。

骞泽走过去想要抱住她，但被欣笑一把推开了。

"欣笑……"

"我不喜欢这样的你。"欣笑说，"我受够了，受够和你一起挤地铁，住十几平方米房间的日子了！我不想和你再在一起了！"

骞泽看着欣笑，张开嘴巴，一个字也说不出来。

然后骞泽轻笑了一声说："我早就猜到了。"

"你猜到了什么？"

"猜到你早就想要和我分开了。你是喜欢上你的上司了吧。你以为我没有看到吗，刚才你拦在他面前的样子？"

欣笑说："你也知道紧张了吗？你也知道别人比你优秀了吗？"

骞泽说："你知道我在紧张你吗？"

欣笑说："我感觉到了。"

骞泽说："知不知道为什么？"

欣笑等着骞泽说下去。

"因为我爱你啊。"骞泽说。

欣笑眼泪流了下来，她大声说："可是我爱钱啊！"

花丢在了地上。

被骞泽践踏成了枯萎的东西。

欣笑看着骞泽离去。

街头人来人往，花瓣被风吹散了几片。

欣笑蹲在了地上。她看着那些花，心里茫然一片。

"我爱你啊。"骞泽刚才说的话回荡在欣笑的内心里。

"可是我爱钱啊。"欣笑看着那枯萎的花朵，轻轻说。

若真有情，愿你爱得尽兴

7.

你这么棒，不能死在爱情上

小桃是个北京女孩，肤白貌美又大大咧咧。抽烟喝酒什么都会，特别讲江湖义气。

我上次见她是去年夏天，有个新项目要和她在的公司合作，于是总去他们公司里开会，一来二去也就认识了。

有次刚出电梯撞见她在走廊里抽烟，见我来连忙把烟掐了，然后不停摆手扇走空气里的烟味。

我有点惊讶，问她干吗呀这是，抽就抽呗还怕我看见。

她说不是，你不是不爱闻烟味吗？

我有点奇怪，就问她，你怎么知道我不爱闻烟味啊。

然后小桃就告诉我，她上次和我吃饭的时候，看我闻到烟味皱了皱眉。

我的心里有点暖。但不知道该怎么表达，于是只好点了点头说，谢谢。

我一直都特别不习惯和别人保持亲近关系，觉得特别不自在。生活里往来的基本都是工作上的朋友，大家公事公办，不太牵扯感情。翻翻手机里的聊天记录，几乎全是在聊工作。

只有小桃是个例外。

她似乎有种北京女孩天生的爽利劲，热情仗义不客气，让你无从拒绝，甚至还特别喜欢。

那阵子我经常往他们公司所在的石景山跑，小桃知道我爱喝咖啡，每次我去就将咖啡冲好等着。

有次我正在赶路，收到小桃的信息：

"今天开会几点来啊？"

"十点。"

"给我带套煎饼呗，我在公司给你磨咖啡。"

"……"

"怎么着，不想带啊？"

"不带行吗？"

若真有情，愿你爱得尽兴

"我这咖啡都磨好了，你要空着手来我就都给倒马桶里。"

"……那我带。"

结果我手里拿着煎饼刚出电梯，就听见小桃响亮骂了声"我×你妈！"

给我吓一跳，心想干吗呢，也没敢走过去打招呼，直接悄悄绕过去走向他们办公室。

没进门的时候，又回过头来看了忽然不再说话的小桃一眼，见她正蹲在地上哭。

我想走过去安慰，但想了想还是算了。遇见这种情况我特别手足无措。

刚要决定进门，就看到小桃抬起哭花妆的脸，大声说：你把煎饼给我！

于是在那个夏天的尾巴里，我站在小桃身边，看她边抹眼泪，边把煎饼一口一口吃光。

吃完后，小桃站起来擦了擦嘴说，走，开会去。

没等我说话抬腿就走，风风火火的样子一点也不像刚哭过。

后来我才知道，原来那天小桃和她男朋友分手了。

男方劈腿，劈的还是她最好的姐妹。

小桃情场失意，把全部时间都投入到工作上。整天像打了鸡血一样，早晨六点半睁开眼就能收到小桃的信息。有时候是她熬夜做好的方案，有时候是催进度。

又过了两个月，项目终于结束了。庆功宴上我和小桃再次见面。

小桃的老板在庆功宴上当场褒奖，小桃端着酒杯和每个人喝酒，喜笑颜开。完全看不出在不久前还蹲在走廊地上哭的样子。

最后小桃喝多了。

结束的时候，我们两个站在街上。一时没打到车，于是缓缓散步。

她穿了厚厚的大衣，在冷风里点了支烟。

"上次那事，对不起了啊。"小桃说。

"什么事？"

"就当你面哭那事，太不体面了。净给人添堵。我心里特别过意不去。"

"哦哦，你不说我都忘了。"我说，然后试探着问，"你……没事了啊？"

"咳，谁还没爱过人渣啊。"小桃把烟吐出来笑着说。

"是是是。"我点头唯唯诺诺。

"他离开我是他瞎眼，我这么好，有的是人等着呢。你说是不是？"

"是是是。"我说。

"去他大爷的，这个臭傻×。"小桃眼眶里有泪痕。

我拍拍她的肩膀。

小桃将我的手拨开，摇了摇头说："没事，我没事。真没事。"

一滴眼泪落下来。

小桃朝前快走了几步，然后转过身来对我挥挥手。

"我挺好的，没事！"她这么说，然后笑了起来，眼睛里闪闪发光，"我这么棒，哪能死在爱情上。"

伸手打了辆车，钻进去就走了。

雷厉风行。

就在那次之后不久，我看到小桃更新朋友圈，和新的恋人在一起。失恋时颓唐的样子一扫而光。

我真心为她高兴，于是打开聊天窗口给她发消息。可想了半天也不知道应该说点什么才好，最后只好说："男朋友很帅，祝长长久久。"

小桃很快回复："放心放心，老娘早就做好谁离开我都不当回事的准备了。"

我有点惊讶，说："别这么悲观啊，不是都过去了吗，对爱情有点信心。"

小桃说："这跟信心倒是没关系。就是我觉得吧，如果做好了谁离开自己身边，自己也能生活得很好的准备，那么就不会像从前那样依赖了吧。可能会更长久些也说不定呢。"然后发过来一个笑脸。

"我这么棒，不能死在爱情上。"

小桃说。

8.

碰巧我也是

荷些睡着了。

醒过来的时候，天还黑着。

晓瑶睡在他旁边，没穿衣服。

荷些有点着急，不知道该怎么办才好。于是他坐了起来，仔细端详着晓瑶。问她："我怎么在这儿？"

晓瑶迷迷糊糊醒过来。说："你晚上喝多了，忘了吗？"

荷些挠了挠脑袋，然后翻身下床。

晓瑶坐起来说："你去哪儿？"

被子滑落。荷些不好意思看，就说："我回家啊我。"

若真有情，愿你爱得尽兴

"不吃点东西了？"

"不吃了。"

荷些背过身去，穿上裤子。

将要走的时候，荷些说："忘了昨天的事，行吗？"

晓瑶有点愕然。

荷些接着说："你也知道，那样不好。"

然后就这么走了。

自从上一次分手到现在，晓瑶已经一个人生活两年多了。一个人吃饭，一个人睡觉，一个人工作，一个人逛街，生活有条不紊。有时候发生一点开心的事，有时候发生一点不那么让人开心的事。

她的冰箱里总是备着啤酒。睡不着的夜里，就坐在阳台边的藤椅上——

UNIT1
时光沉淀成了故事

"那可真是个舒服的藤椅呢。"晓瑶对荷些说，"有机会去我家坐一坐，在那个位置，一面喝啤酒一面看外头的天，感觉棒极了。"

"噢。"荷些停了下来，连带着晓瑶也停了下来。

"要不，我们去你家喝酒吧？"

晓瑶看着荷些，荷些的背后是夕阳和连绵的云彩。在巨大的立交桥下背着光。

晓瑶望着荷些背后的方向，眯了眯眼睛，然后说："好呀。"

"为了款待你，我决定拿出家里最贵的酒。"晓瑶从冰箱里取酒。

荷些坐在沙发上看着外头。

他也不知道自己喝的是什么酒，他的心里在想另外的事。

说不清的事，不愿意承认的事，或者难以面对的事。

总之就是那样了。荷些一口气喝光一瓶，然后爽快地叹了口气。晓瑶就给他又拿了一瓶。

"人总是要死的。"晓瑶说，"说不定哪一天，我就要离开了。"

"为什么？"

"觉得那样很美好。"

"美好？"

"对，在四十岁的年纪里死掉。"

荷些朝窗外看了一眼。

十七楼那么高，一切都变得渺小起来。连生命也是。

晓瑶和前任的男朋友还是有点藕断丝连。不知在什么时候，那个人

若真有情，愿你爱得尽兴

的电话就会打过来。

晓瑶不喜欢拒绝，又不喜欢看到别人不高兴。

"所以一直这样？"

"嗯。"晓瑶点了点头。

"这样可不好。"

"不知道应该怎么拒绝呢。"晓瑶喝了口啤酒，然后看着窗外出神。

两个人沉默了一会儿。晓瑶不说话，荷些也不说话。

从来没有这样一个时刻，两个人之间的空气是安静的，也不会觉得尴尬。甚至，一直这样下去才好。能感觉到另外一个人的呼吸，就能感到安全。荷些这么想着。

然后天空下起了雨。

"刚刚还看到云彩。"晓瑶说。

"那个是晚霞。"

"看到晚霞就会下雨吗？"

"不知道。"荷些站了起来，两个人一起关窗。

从晓瑶家离开之后，荷些站在街上，等了一会儿出租车。但是车还没有来。

凌晨街上看不到行人。

刚才还有些许醉意，微风吹拂，似乎也就不是那样头昏脑涨了。

荷些回头看了一眼，晓瑶家里亮着灯。

他从口袋里拿出一支烟点上，默默抽着。

晓瑶趴在床上看书。

书上的字很多，密密麻麻，像从书里跳了出来，错综无序。她一个字也没有看懂，什么也看不进去。

有点泄气，有点惆怅。

"孤独不可怕，可怕的是冷清。"

这是晓瑶写在日记上的文字。一个人生活没什么不好，只是，如果生活里闯入了另外一个人，那个人又离开了，总会感到冷清。

因为空气里就没了被人们称为"温暖"的东西。

敲门声是在晓瑶想到这儿的时候传来的。她走过去打开门，荷些就站在门外。

两个人对视着，然后荷些将晓瑶拥在了怀里。

结局应该是这样的。

如果是这样的那该有多好。

荷些坐在车里想。

②

"朋友间还是不要太喜欢，会变成爱情的。"

蝌蚪这么对荷些说，然后推了推眼镜。

荷些看着蝌蚪，一直看着蝌蚪——大概有十秒钟。

蝌蚪说："你在看什么？"

荷些摇了摇头说："你刚才在说什么？"

"神经病。"

蝌蚪站了起来。

荷些低下头，认真打游戏。

若真有情，愿你爱得尽兴

快要通关的时候死掉了，然后荷些把脑袋顶在了桌子上，闭上眼睛。过了一会儿又睁开。重新开始。

"有没有体会过这样一种感受，一首歌听到一半的时候戛然而止，脑袋里总会盘桓剩下的旋律。爱一个人爱到一半的时候也是这样。"蝌蚪说。

"如果一切只是刚刚开始呢？"荷些说，"不，不只是刚刚开始。是从中间的地方开始的，省略了前头。"

"没有从中间开始的事物啊。"蝌蚪说，"故事是在冲突发生之前开始的。举个例子，罗密欧与朱丽叶的故事，是在两个人还没出生的时候就已经开始了。因为两个家族的人不和，互相仇视，否则就不能再发生以后的故事了。能明白我的意思？没有从中间开始的事。"

荷些皱了皱眉。

天气难得很好。

从公司里走出来的时候，能看到天边的夕阳，还有连绵的云彩。在巨大天桥下。

荷些也不知道自己是怎么又走到这条路上来的。那场景似曾相识——就在不久前发生过的。

荷些想了起来，那天他和晓瑶两个人喝完咖啡，原本说要一起吃东西，不知道为什么，忽然停在了这儿。他对晓瑶说，想要和她一起喝酒。

是因为夕阳太美。荷些这么想着。抬起头来，一直看着那儿。心里似乎有了一点确定的东西。

于是他走到两个人碰巧遇到的那家咖啡店里点了两个汉堡和一杯水。

一口气全部吃掉了。

他站了起来，朝着晓瑶家里走去。

不知道这样算不算冒昧？荷些想，有点忐忑不安。因为不知道会不会被拒绝。

只是，被拒绝了也好。

"那样旋律就可以结束了。"

十七楼。

荷些敲了敲门，没人应。

荷些又敲了敲门。过了一会儿，门打开了。开门的是一个陌生的女孩子。

荷些有点错愕。

那个女孩子问他："你找谁？"

荷些说："我找晓瑶。"

女孩子说："晓瑶上周就已经搬走了。我是她的朋友Amay，有什么事需要我帮你转告她吗？"

荷些想了想，摇了摇头。

"那不打扰了。"荷些说。

<3>

游戏还是没有通关，总在最后的时候死掉。

蝌蚪偶尔会从工位上走过来喋喋不休。

公司里来了新的CEO，身边的同事换了一拨又一拨。

荷些有时候努力工作，有时候不会。

若真有情，愿你爱得尽兴

蝌蚪说他快要走了。

荷些有点不舍，但也没多表示什么。

"要是能再见面就好了。"蝌蚪说，两个人在阳台上吸烟。

"总能见到面的。"

"那倒不一定。"

"只要愿意，总能见到面的。"

"不一定哦。"

"为什么？"

"因为见面这种事，一定要两个人都愿意才行。不然就只剩下碰巧了。你知道，这个世界上很少会有碰巧这种事。"

"哦。"

"不会因为我的离开感到不舍吗？"

"有一点。"

"只是一点？"

"对，只是一点。"荷些说，"人总是要相互告别的。"

"能给我一个拥抱吗？"

荷些皱了皱眉，但还是点了点头。

蝌蚪把荷些紧紧抱住，说："你说得对，人总是要相互告别的。"

两个人分开了。

蝌蚪回到工位收拾东西，荷些没回去，一直站在阳台。

快要下班了。

最近他总是在这个时间来等待夕阳。偶尔会看到连绵的云彩，大多数的时候不会。

但每当看到云彩的时候，荷些都会觉得很快乐。

等他转回身的时候，蝌蚪的工位已然空空如也。

"人总是要相互告别的。"荷些想。

④

晓瑶看上去很高兴，总是在笑。笑的时候，眼睛里闪烁着某种光彩。荷些从来没在其他女孩子的眼睛里看到那样的光彩。

记忆里曾经有过，但记忆是个模糊不清的东西。

所以荷些也想不清楚，到底是晓瑶的眼睛真的闪烁着他从未见过的光彩，抑或只是记忆使然。

大概是后者。

若真有情，愿你爱得尽兴

后来荷些又去了晓瑶的家里，开门的还是那个女孩子。

"又是你？"

"对。"

"晓瑶已经不住在这里了呀。"

"哦。"

"那么……"

"能进去坐一会儿吗？"

"当然。"虽然有些疑惑，但Amay还是给荷些打开了门。

两个人坐在荷些第一次坐的藤椅上，窗外是夕阳和连绵的云彩。

"喝点什么？"

"有啤酒吗？"

"整个冰箱都是。"Amay笑了起来。

荷些有点错愕。

说不清，但大抵是类似回忆的东西。

脑海里的旋律没有停止，所以没法不去追寻。

"如果有人帮忙按掉开关就好了。"荷些说，"这样那个声音就不会再在脑海里面出现。或者……"

"或者当时能把故事继续下去？"

"对。"荷些点了点头，"你知道戛然而止的感觉不好，整个人就停在那里了，走也不是，栽倒也不是。不上不下的。"

"那倒也是。"Amay说，"要不，发个短信试试看？"

"这……"

"没试着联络过对方吗？"

UNIT1
时光沉淀成了故事

"不知道该怎么开口。"

"哎呀，就说我很喜欢你之类的。"

"这样可以？"

"女孩子都吃这一套的。"

"会不会太直白？"

"直接一点才好啊。"Amay说。

荷些掏出了手机，斟酌了一会儿说："这样可以？"

"试试看。"Amay和荷些碰了一杯啤酒。

于是信息就那样发出去了。

时钟在走，荷些能感到自己心跳加快了些速度。

短信的声音响了起来。

荷些深深呼吸着，闭上眼睛再睁开，看完后笑了那么一下。

"怎么？"

"旋律停止了。"荷些说。

⟨5⟩

"最近怎样？"

"还好，你呢？"

"有时间见面吗？"

"你在哪里？"

"百子湾。"

"碰巧我也是。"

若真有情，愿你爱得尽兴

9.

其实还爱着

①

　　季猛是我朋友，人很老实，念书时班级里倒数几名，但仍旧用功不辍，没考上大学。高中毕业后找了份车床厂工作，颇有家底，不愁吃喝。后来赶上政府拆迁，发了笔财。辞掉工作后靠吃租金为生。娶了同班的双双，虽不漂亮，但勤劳节俭，持家有道。

　　知道季猛出轨，是个特别让人意外的事。先是在老同学群里炸开的，秀成抛出一个世纪疑问——"你们都知道季猛的事吧？"

　　当然是没人知道的。

　　秀成接着说："听说双双天天闹着上吊呢。"

　　"哟，双双从小就挺踏实的啊，怎么也会搞上吊这一出？"有人接

话了。

秀成说："咳，还不是因为季猛出轨了。"

"啧啧，想不到。"

"你们知道季猛是为了谁出轨？"

"这去哪儿猜啊。"

"韩蕾！"

一片惊呼。

韩蕾是我们当年高中的校花，远近闻名的美女。人长得水灵，身材也好，哪怕天天穿校服都比别的姑娘穿得好看。上体育课时总是坐在操场角落里读书，风吹长发，白裙飘飘。是我们整个班级男生当年主要的幻想对象。

季猛也不例外。

若真有情，愿你爱得尽兴

韩蕾是我们班的学习委员，坐在第一排。

季猛坐在最后一排。

他对我们说，总有一天他会坐在韩蕾身边。

可谁也没有想到，当初的心愿，在大家纷纷成家立业之后，终于实现了。而且还是以出轨这样令人意外的方式。

秀成在季猛出事之后，一直充作这个事件的转播者，在仅有几个人在的老同学群里发布最新进展。比如季猛在街上把双双给打了，比如双双吃安眠药了，比如季猛带着韩蕾出国旅游了。

比如……

比如，季猛终于离婚了。

群里又是一片惊呼。

有人说季猛不是个东西，有人说本来好好的日子，非要过得这么撕心裂肺，有人说日子就该这么过，爱情里没有谁对谁错。

一个月之后，同学结婚，季猛也去了，老同学多年没见，热闹寒暄。酒过三巡，秀成笑着和季猛喝了杯酒说："怎么着啊猛子，这么好的日子不带着双双一起过来。"

季猛说："我俩离婚了。"

秀成说："你俩怎么就离婚了呢？！"

季猛说："咳，一言难尽。"

秀成说："说说，说说，都是老同学没外人。"

韩蕾一直坐在季猛身边嗑瓜子，忽然一拍桌子说："今天是人家大喜的日子，说这些不吉利的干吗？喝你的酒。"

秀成说："好好好，喝酒，喝酒。来，韩蕾，我敬你一杯，当年大伙心里的梦中情人。"

韩蕾翻翻白眼，但还是笑着和秀成隔空对饮。

大家都有些飘了。我肚子有点难过，起来去洗手间。季猛说走，我和你一起去。

路上季猛一摇三晃，醉意阑珊。从洗手间里出来后，季猛点了支烟靠在水池旁。

我洗了把脸，清醒不少。

季猛忽然问我："玉成啊，你说人这辈子，是为了什么？"

我抬起头来看着季猛，看他徐徐把烟圈吐出来，不明所以地痴痴笑着。然后他眯起眼睛摇了摇头，拍拍我的肩膀说："走吧，咱们回去。"

②

季猛和韩蕾结婚了。

两个人都是二婚，所以婚礼没办得特别隆重，只是在晚上包了个饭店，叫上以前的同学过去一起吃了个饭。

季猛人比不久前胖了一圈，微黑的脸上挂着笑容。韩蕾化了很浓的妆，还是像从前那样美丽。

秀成说："你们看韩蕾，还是咱上学时那个美样子。"

有人接话说："秀成啊，你小子的心里是不是还惦记着韩蕾呢？"

秀成说："咳，我哪配得上人家。喝酒喝酒。"

新郎新娘过来敬酒，季猛说了通感谢大家来捧场的话。

"你们都是我最好的朋友，我的老同学，我最亲近的人。"他说，然后自己拿过酒杯往里面倒白酒。

若真有情，愿你爱得尽兴

韩蕾掰着他的手，微微皱眉说："你少喝点行不行？"然后又笑着对我们说："别让他喝多了。"

大伙都说："知道知道。季猛啊，你今天是新郎官，少喝点，意思意思得了。你随意，我们干了。"

季猛说："不行，我要和你们干杯。"

于是酒杯就撞在了一起，季猛仰头喝下。满满一杯白酒，随着喉头上下滚动灌进肚子里。季猛擦了擦嘴，说："你们永远是我最亲的人。"

那天季猛喝多了，被人架到了他新买的那辆路虎上。

我听到他在人群中，在浑浑噩噩的嘈杂声里，叫着双双的名字。

我目送季猛远去，头顶是一轮皎洁明月。忽然想起不久前，同样在婚礼上，季猛靠在水池旁边，一边吸烟一边对我说的那句话。

"你说人这辈子，是为了什么？"

季猛结婚后，老同学群里再度恢复寂静。没人说话，偶尔会看到分享几个打车红包。大伙都忙着自己的事，如果没有意外发生，可能会一直这样安静下去。

可惜生活总是充满了意外，否则也就不能称之为生活了。

秀成说："出大事了。"

有人说："又出什么大事了？"

秀成说："季猛和韩蕾要离婚了！"

大家纷纷说，我×，怎么又离婚了？

秀成说："听说是韩蕾给季猛戴了绿帽子。"

065

大家说："啧啧，早就觉得韩蕾长得那么漂亮，季猛这个老实人怎么看得住。"

我给季猛发了条信息，说："最近怎么样？"

季猛很快回复了过来，"还那样吧。"

"那就好。"我说。

"有时间吗？"

"什么时候？"

"现在。"

"有的。"我说。

季猛开车过来接我，车上还有秀成。我们三个人去了弹簧厂大院里的那家酒吧，热闹的音乐，喧嚣的人群，桌上摆着一瓶又一瓶的啤酒。

季猛的眼睛很亮，一边吸烟一边看着身边的人群。我们不停碰杯，大声说笑，但谁也听不清对方说了什么。

我们三个人从酒吧里出来，夜色阑珊，空气骤然安静。季猛说走吧，带你们去吃串。我们把车丢在弹簧厂，来到沿河路上大排档。点了蛤蜊和啤酒，还有羊肉串。

身边是运河，河水缓缓流淌。晚风吹来，空气凉爽。夏天将要过去，秋日即将开始，北方四季里最让人舒适的日子就要来临了。烧烤摊往外冒着浓烟，油锅起火，年轻的厨师掂勺炒着小龙虾，风吹着几片树叶缓缓落下。

季猛拿出一支烟，向后斜靠在椅子上，说他和韩蕾马上就要离婚了。

秀成说："我×，不是吧你，又离？"

若真有情，愿你爱得尽兴

季猛一边吸烟一边看着远方，似笑非笑，痴痴傻傻，一如那年读书时的模样。

③

秋天终于来临了，季猛和韩蕾短暂的婚姻也终于走到尽头，整整一个夏天。

誓言早已灰飞烟灭，破碎得如同烈日下沥青的怪味在空气里升腾。

有人说你喜爱烟花，烟花会熄灭。你热爱自由，自由会为你套上枷锁。你原以为能遵从自身的天性而活，后来才发觉，天性本身就是一件靠不住的东西。

韩蕾走后，也带走了季猛的一半家产，不知所终。

季猛也没有一蹶不振，一切好像是那样自然而然发生了。好像一张

UNIT1
时光沉淀成了故事

白纸燃烧后的灰烬，张开手就散在风里。也许手心还会留下一点纸屑，但挥一挥就不见了。最终什么都没留下。

同学们都说，让季猛去找回双双。他们都说双双是个好姑娘。

他们说双双从小就喜欢你，长大了还是喜欢你。为了让你吃上你最喜欢吃的那份煎饼果子，大早上起来跑了三条街。

他们说双双和你在一起不图你那几个钱，离了婚什么也没带走。老婆还是原配的好，回去认个错，把她带回家吧。

他们还说，那天季猛再婚的时候，好像看到双双远远站在街的那一边，身边没有朋友，没有陪伴，孤零零一个。从婚礼开始直到婚礼结束，没人知道她去那里干什么，也没人知道她又在何时离开。

季猛摆了摆手，一边抽烟一边笑。

破镜终究没有重圆，听说双双又找了个好人家。季猛身边不再有新女孩，独来独往。有时我们会约出来喝酒，只有两个人，再无其他。

有次我问他和双双分开到底后不后悔。

季猛想了很久，然后好像答非所问似的对我说："以后不要和自己老婆吵架。"

我说："你说什么？"

季猛说："摔东西也好，砸手机也好，千万别吵架。"

我问他为什么。

他说："砸东西不伤人心。东西没了可以再买，心碎了就没法回头了。"

若真有情，愿你爱得尽兴

"那时她问我为什么一定要离婚，我对她说，因为我不爱你了。我一刻也不想再见到你了，我从来没有爱过你，我的心里一直有别人。我看到她流泪了。我开始明白她在街上吵闹都是为了留住我，我开始明白即使我对她大打出手都没有伤到她的心。但是当她听到我不爱她的那一刻，眼睛里就没有光彩了。我知道一切就这么结束了。

　　"我不爱你了。就这么完了。其实还爱着，但你知道，一个人的心死了，再爱也没法回头了。"

　　秋日凉风里的河边，季猛喝醉了，瘫倒在地上望着天。月光皎洁明亮，河水闪烁波光。

　　走远的已然不能再追，曾经的是是非非再难分清原委。你为过去流泪，你为失去后悔，你说你再也不能感到幸福，因为你曾在一个巨大的幸福里，生生把一个人的心击碎。

10.

未来那么远，别去回头看

①

之前看过一篇关于模特的采访，对里面这样一句话印象深刻：

"一个成功的模特，是能够让人产生出那种'无法抵达，却渴望拥有'的感受的。

"但不是每个人都能做到这一点，对距离的拿捏，对裸露的控制，以及目光、神态、姿势等，表达出来的一切，都应该向每个看到她的人传递出这样的信息。"

后来因为工作关系，我和从事模特工作的Y小姐共事过一段时间，休息的时候闲聊，我半开玩笑似的说，敢做模特的姑娘都很厉害，看起来挺美，其实特别受罪。

若真有情，愿你爱得尽兴

　　"因为渴望被人欣赏吧。"她说，"如果这样的愿望特别强烈的话，也不觉得有什么。能站在灯光下做自己喜欢的事，挺好的。"

　　"累吗？"我问。

　　"你追求一个自己喜欢的女孩子，会累吗？"

　　我想了想，然后摇了摇头。

　　"这就对啦。"她笑着说，"做自己喜欢的事，怎么会累呢？"

　　后来慢慢熟悉，Y总是会和我说起自己身边的八卦，比如哪个导演都有怎样的怪癖，比如曾经遇到过的奇葩演员，又比如公司最近新来的那个摄影师特别腼腆，因为自己习惯了不背着人换衣服，当她把衣服脱下来的时候，看到那个摄影师差红了脸。

　　那个摄影师是我同事，叫小禾。刚刚来北京工作不久。高高瘦瘦

UNIT1
时光沉淀成了故事

的，很清秀。不太喜欢说话，不工作时就自己待在什么地方，摆弄他的摄影机。

Y有时候会走过去和他聊天。两个人不知道说些什么，Y笑得很开心，偶尔小禾会脸红。

不久之后，小禾过来问我，到底要不要和Y在一起。

我看了小禾一眼，笑着说行啊你小子，闷声不响的。

小禾说不是那么回事，他喜欢Y，可心里又犹豫。

我问他犹豫什么。

小禾说："职业，过去。"

"喜欢一个人的话会在意对方的职业和过去吗？"

"多多少少会有影响吧。"小禾说。

"她喜欢你吗？"

小禾摇了摇头，然后又点了点头。

"那你呢？"

小禾说："那我再想想。"

②

小禾在那样的场面下对Y表白，是个特别让人意外又尴尬的事。偌大的广场，花园前用蜡烛摆了一个巨大的心形。

小禾捧着一束鲜花站在中间，看着不远处的Y。

Y捂着嘴巴。我看到她的眼睛里有泪花。

身边的同事们在起哄，小禾焦急地等待着，有点不好意思地笑。Y朝他跑了过去，两个人相拥在一起。在世贸天阶巨大的屏幕下。

若真有情，愿你爱得尽兴

我抬起头来，看着头顶屏幕上闪过的文字。许多情侣在这里向自己的恋人表达爱意。现在也是。Y和小禾拥抱在一起的时候，屏幕上还亮起了烟花。

虽然是假的。

接下来的那段日子，小禾总是笑，工作的时候笑，不工作的时候也笑。看上去傻傻的，但是幸福极了。

周末下班，大家例行团建，小禾喝多了，大声说，他要好好赚钱，在北京给Y买套大房子，然后娶了她。

大家鼓掌，说小禾牛×。

小禾猛地一挥手，说别以为我吹牛×，你们等着瞧。

大家哄笑，说小禾牛×。

小禾没有吹牛×。那次喝完酒之后，小禾每天都会加班到深夜，认真修整他的每一张照片。

Y成了公司里常来拍摄的模特，小禾是她的摄影师。

听说，女人在自己爱人的镜头里才是最美的。是真是假我不知道，但Y的照片的确比过去好看。

以Y为主角拍摄的那套海报很成功，马上吸引到了很好的客户，要给Y拍摄广告片，还会匹配不错的推广资源。

Y很高兴，但小禾没有那么高兴。

我问他为什么看上去闷闷不乐。

他摇了摇头告诉我，他也不知道。

拍摄很快开始。小禾依然是Y的摄影师，在苹果社区的影棚里，Y拿着一款手机，站在巨大的绿色幕布下说着台词。

拍摄很顺利。镜头里的Y一如既往地好看。

结束后大家一起去酒吧里喝酒。

大家对小禾打趣说，这以后你可得更努力才行了，不然等Y红透半边天的时候，还不是说甩了你就甩了你啊。

小禾笑了笑，说是啊是啊。

酒至半酣，忽然走过来一个男人说要跟Y喝杯酒。大家都认识，是圈里很出名的前辈D。大概也是喝多了，目光游离，走起路来一摇三晃。他坐在Y旁边，很自然地搂住Y的腰。

Y笑着和D碰杯，一边喝掉整瓶啤酒，一边不着痕迹地将他的手放到一边。

小禾就坐在我身边，我听到他鼻孔里喘着粗气，在Y把酒喝光之后，大声喊了一句：

操。

◇3◇

后来小禾和Y分手了，原因不明。

得知两个人分手，还是Y和我说起的。而小禾早在这之前就离开了。没有只言片语，也不知道去了哪里。

一起工作的时候，我和Y还是会聊天。我问她会不会难过，"毕竟你们在一起的时候挺好的"。

Y摇了摇头，告诉我一个意外的答案。

她说以前会，现在不会了。

若真有情，愿你爱得尽兴

我问她为什么。

她说："因为早就已经习惯了。"

我感到有点难过。

忽然想起来什么似的，Y抬起头来问我，会不会在意她的过去。

我说："为什么要问这样的问题？"

Y说不知道，好像每个人和她在一起的时候，都挺在意她的过去的。"你知道，我的过去一点也不光彩。"

我不知道该怎样答复，沉吟了好一会儿。

"会在意吧。"Y笑着说。

"不会。"我说，"过去是成长的证据，仅此而已。没什么好在意的。"

Y笑着问我："真的？"

我说："真的。"

然后Y问我喜不喜欢北京，我说不喜欢，但留在这里挺好的。

她说她也不喜欢，简直恨透了。可不知道自己应该去哪里才好。好像只有这里才能让她好好活下去。"虽然辛苦，但你觉得你活的是自己，而不是其他的什么。"

我觉得Y说得对。

无法抵达，却渴望拥有。

我们都在这样不停追逐的日子里活着。

过去没什么好丢脸的，想起了再糟糕的自己也不必放在心上。

过去是成长的证据，仅此而已。

未来那么远，别去回头看。

11.

你有没有做好孤独一生的准备

　　高杰是逸春的朋友，不高，有点胖，肤色格外黝黑，两片厚厚的大嘴唇，不好看，但是喜欢好看的姑娘。

　　简单来说就是——好色。

　　他们两个从七八年前开始就整天厮混在一起。要么喝酒，要么打台球，要么无所事事。

　　高杰是个富二代，每段时间他领来的姑娘都不一样。

　　让逸春印象深刻的有两个。

　　最开始是杨杨，年纪特别小，还不到二十岁。但是身体发育比较成熟。

　　逸春第一次看见她是在冬天，梳马尾辫，穿灰色毛衣，胸前格外突出，人长得也水灵。

若真有情，愿你爱得尽兴

就是脾气格外大。

有次吃饭当着大家的面给高杰甩了脸子，站起来摔门就走，留下一屋子人面面相觑，场面有点尴尬。

后来才知道，杨杨是某地产大亨的女儿，小姐脾气大。

高杰跟逸春说，他是碍着他爸的面子才去追的杨杨。

时间用了三个月，钱没少花，东西没少送，但是没占着什么便宜。

自从杨杨那次在大伙面前摔门而去，高杰和这姑娘就没了联系。

在逸春的记忆里，那应该是高杰的初恋。

两个人都二十岁，高杰还是个处男。逸春已经不是了。

杨杨之后是小晴。

小晴是个"小姐"，来自美丽的大兴安岭地区，身高172厘米，留披肩长发，一双美丽的大眼睛。

高杰和小晴是在"大保健"里认识的。

那会儿高杰刚失恋，整个人比较悲伤，有时候喝着喝着酒，就能看到眼睛里的泪花。

逸春问他为什么流泪。

高杰说："钱没少花，连手都不给碰，当我是傻×吗？"

于是，朋友们为了不让高杰过于悲伤，就提议给他找个"小姐"。

然后高杰和小晴就这么认识了。

据说，那天在"大保健"里，高杰是最后一个出来的，腆着肚子，整个人比较颓丧。

然后小晴也走了出来，比高杰高半个头。

朋友们纷纷起哄，让小晴给高杰包红包。

高杰摆了摆手。

后来逸春才知道，其实那天高杰什么都没干。他在包厢里和小晴聊了一个钟头的人生。

然而出乎所有人意料的是，高杰和小晴恋爱了。

两个人经常一起喝酒，打台球，到处疯玩。

后来他们两个搬到了一起，在高杰他爸给他在北二环买的小三居里。

有次高杰喝醉酒，在酒桌上当众宣布，他要娶小晴为妻。

众人鼓掌起哄。

小晴眨巴眨巴眼睛，眼泪就掉下来了，她跟高杰说，你别这样。

又过了两个月，高杰组了个局，在南湖大饭店里，还带了几个不认识的姑娘。

若真有情，愿你爱得尽兴

逸春问他，小晴呢？

高杰对逸春说，小晴跑了，他失恋了。

逸春问他，为什么呀？

高杰说，他也不知道，睡醒后人就不见了，衣服什么的也都没了。屋子是空的，就留了个字条，说她走了。

说完高杰喝了口酒，打了个饱嗝，眼眶发红。他对逸春说："我心里头怎么空了。"

从那之后，高杰有过很多姑娘，有"大保健"的"小姐"，有学校里的学生，还有他爸公司里漂亮的女同事。每次他带出来的都不一样。

开始的时候，高杰有点羞涩。但是后来就不这样了。

他能在大伙面前和姑娘表演亲嘴了。

有次他对逸春说，他觉得以前二十多年的日子都白活了，现在这才叫生活。

逸春想和他说，你说得对，这才叫生活。

但是不知道为什么，逸春没能说出口。

他站起来，走到窗口朝外望，身后热闹喧哗，眼前星光璀璨。

日子就这么过去，一年后，逸春和自己相处五年的恋人也宣告分手。

早晨起床，房间里空空如也。逸春忽然体味到当初高杰对他说的那句"我心里头怎么空了"是什么滋味。

房间里还是熟悉的气息，但是逸春明白，有什么重要的东西永远离他而去了。

UNIT1
时光沉淀成了故事

逸春给小晴打了个电话，然后对她说，我女朋友走了。

一个小时之后，小晴敲开逸春家的门。

她站在门外，个子高挑，一双水灵的大眼睛。

逸春伸手将她拥入怀中。

逸春的女朋友叫梦颖。

梦颖是逸春还在念书时认识的恋人，从外地来这个城市上学，比逸春小一届。

新生欢迎会上，高杰拿胳膊肘捅了捅逸春，说看那边看那边。

逸春朝他指的方向看去，一眼就看到了梦颖。

高杰咽了口唾沫说："真漂亮啊。"

逸春说："咱俩比赛，看谁先追到手。"

高杰说："好的。"

在那个寒冷冬天一株枯萎的树下，是逸春先将梦颖拥入怀中的。

在整个大学生涯里，高杰都没有再追求过哪个姑娘。

逸春、高杰、梦颖，三个人总是在一起。

逸春和高杰抽烟喝酒打球，梦颖像个跟屁虫一样跟在两个人后头。

有一次，高杰喝醉对梦颖说，当初他和逸春两个人，是他先喜欢上的梦颖，后来不知道为什么，让逸春那小子抢了先。"等以后有机会，我还追你。"

梦颖咯咯乱笑。逸春感到有点不舒服。

毕业后，逸春在学校附近租了个房子，梦颖也不再住校，晚上放学就回来和他一起住。

若真有情，愿你爱得尽兴

一边念书，一边照料逸春的生活起居。

偶然说起毕业之后的事，梦颖说，她不会回自己的家乡了。

逸春问她为什么，梦颖说爸爸妈妈都已经不在了，回去也没有亲人。"而这个城市里还有你。"

逸春心里有点难受，脱口而出："那咱俩毕业就结婚。"

小晴出现在逸春的生活里是个意外。

逸春在和高杰喝酒的时候第一次看到了小晴。

他发现，当他看着她的时候，她的眼神有回应，而且回应得很强烈。

于是等大家都喝高了的时候，逸春和小晴单独喝了一杯酒。

"留个电话？"逸春这么说。

小晴把逸春的手机要了过去，飞快输入了一行数字，拿在手里给他看说："记住了吗？"

逸春说记住了。

然后小晴把号码删除递还给逸春，说："那你在心里记好了。"

高杰朝他们望来，眼神呆滞，喝大了。

逸春在第二天酒醒之后给小晴发了个信息，说："你干吗呢？"

小晴说："你居然真能记住。"

逸春说："你怎么知道是我？"

小晴说："没人知道我电话号码。"

逸春说："出来吃饭吧。"

小晴说："那你来接我。"

吃饭的时候，小晴告诉了逸春许多她家乡的事，她说那里冬天很冷，但屋里暖和，下起雪来铺天盖地，但是格外美丽。

逸春问她："为什么会来这里？"

小晴说："赚钱呗。"

逸春低头哦了一声。

小晴问逸春："你是怎么记住我电话号码的？"

逸春说："你电话号码和我女朋友的差一个数。"

小晴说："你有女朋友？"

逸春说："感情不怎么好。"

小晴笑了起来。

逸春抬起头，小晴含着吸管，看着街上路人，眼神里闪烁着某种光彩。

逸春忍不住心里一动。

逸春问小晴为什么会和高杰在一起。

小晴告诉逸春，她觉得高杰是个好人，跟他在一起，她觉得踏实。

逸春问："那我呢？"

小晴说："什么？"

逸春说："那跟我在一起呢？"

小晴笑着说："我也不知道。不知道为什么要跟你出来，我是你最好朋友的女朋友，而且我早就知道你谈恋爱了。"

逸春说："你怎么知道的？"

小晴说："高杰告诉我的。"

逸春说："高杰为什么告诉你？"

小晴说："第一次看见你的时候我偷偷问的高杰。"

逸春说："你怎么跟他说的？"

若真有情，愿你爱得尽兴

小晴说："我说你是不是没对象，我要介绍我姐妹给你。"

逸春和小晴又对视在了一起，三秒钟后，小晴的脸红了，逸春将头转向窗外，笑了起来。

高杰和小晴分手之后，经常光顾那家"大保健"。

逸春有时会和他一起去，有时候不会。

每次高杰都吧唧着那两片厚厚的嘴唇对妈妈桑说，来个大波来个大波。

每次他都是最后一个出来。

每次他都会和里面的小姐聊人生，谈一场短暂恋爱。

而逸春和梦颖之间的感情越来越紧张，终于有一天，连接彼此的那条脆弱的线崩断了。

梦颖说："分手吧。"

逸春说："为什么？"

梦颖说："我知道你在外面有人了。"

逸春说："你怎么知道的？"

梦颖说："感觉。"

逸春说："无凭无据别血口喷人。"

梦颖说："小晴是谁？"

逸春看着梦颖的眼睛，梦颖也看着他。逸春一阵心虚。

逸春说："我也知道你和高杰的事。"

梦颖说："你别诬赖我。"

逸春说："高杰心里一直惦记着你吧？"

梦颖说："我没做过半点对不起你的事。"

逸春说："你滚。"

梦颖流下了眼泪，说："好。"

然后逸春坐在沙发上，看着梦颖收拾着自己的东西，全部收拾好之后她站在门口。

逸春忽然有点心软。

梦颖就那么看着他，忽然笑了，她说："真奇怪，以前觉得自己永远不会离开你，可是现在看着你却像在看一个陌生人。"

逸春的心又硬了。

梦颖抬起头来，深深吸了一口气，最后看了逸春一眼，没说再见，只留下一个破碎的笑脸。

逸春后来说，那时候他以为自己不会很难过，因为感情到了该结束的时候，就像一个人的寿命尽了自然走向死亡一样，是不该有什么感觉的。

可还是很难过。

逸春找到高杰，每天和他花天酒地，看着他身边的姑娘一个一个换，忽然觉得很累。

他问高杰："你有没有做好孤独一生的准备？"

高杰对逸春说："你丫有病吧？"

逸春说："现在梦颖一个人，应该不好过。"

高杰说："她一定比你更难过。"

逸春说："你为什么不去追她？"

高杰说："什么？"

若真有情，愿你爱得尽兴

　　逸春说："以前咱们上学的时候，你不是一直说喜欢梦颖吗，现在正是好时候。"

　　高杰说："你这个王八蛋。"

　　逸春说："你骂谁？"

　　高杰说："我骂你。"

　　逸春说："有种你再骂一句。"

　　高杰说："你这个王八蛋。"

　　逸春站起来，一脚踹在高杰肚子上，大声说："我操你大爷！"

　　高杰和逸春厮打在一起，砸了很多啤酒瓶，浑身都是啤酒味。

　　他们两个在地上翻滚。

　　好像翻滚了许多年的人生。

UNIT1
时光沉淀成了故事

后来两个人都累了。

高杰坐在地上，点了两支烟，一支递给了逸春。

逸春靠在沙发上，仰头看着天花板。

逸春问高杰，这么多年，心里头有没有留下一个人。

高杰说："有的。"

逸春问："是谁？"

高杰说："是小晴。"

逸春笑了。

高杰也笑了。

高杰问逸春说："小晴现在过得怎么样？"

逸春从沙发上坐起来，和高杰对视着。

高杰还在笑，靠在沙发上仰起头来，一边摇头一边笑。

逸春和高杰就这么掰了。

也可能没有。

只是两个人很久都没再见面。

直到两年之后，逸春和小晴的感情也走到尽头的时候，高杰又找到了逸春。

那时逸春在上海广场开了家手机店，高杰从车上走下来，还是和两年前一样胖。

他问逸春："最近过得怎么样？"

逸春说："还那样。"

高杰说："单着呢？"

若真有情，愿你爱得尽兴

逸春说："刚散。"

高杰说："走吧，我带你去兜风。"

逸春点了点头

两个人疾驶在京沪高速上，什么话都没有说，只有风的声音在耳旁呼呼作响。

回去的路上，逸春再次问他，你有没有做好孤独一生的准备。

高杰说："做好了，你呢？"

逸春说："不知道。可能做好了，也可能没有。"

高杰狠狠踩了一脚油门，开着他那辆新买的婚车在高速公路上扬长而去。

噢，忘了说，高杰和杨杨又走到一起了。时过境迁，杨杨有点发福，但仍旧美丽。

高杰大腹便便，和杨杨出双入对，不算般配，但身边的每个人都说两个人很合适。

杨杨说，高杰对她特别好，她从来都没有见过比高杰对她更好的男人。几年前两个人分手，她一直以为高杰会回去求她，但她没有等到，于是就等了很多年。这些年她遇见过很多男人，每一个她都拿来和高杰比较，但却没有一个比得上当年高杰的用心。

在他们两个人的婚礼上，司仪问起两个人当年的往事，高杰说，杨杨甩了他之后，他的心里，就没住进过第二个人。

台下响起掌声，杨杨别过头看着高杰那张黑得发紫的脸，眼睛里星光璀璨。

UNIT1
时光沉淀成了故事

12.

晓瑶与俊杰

1.

咖啡厅环境很雅致，位于黄浦江边一家酒店顶层。朝下看的时候，能够看到整个外滩景色。

俊杰坐在晓瑶对面，说了一会儿过去的事，忽然想要吸支烟，又看了看身边"禁止吸烟"的牌子，就站起来对晓瑶说："抱歉，我去趟洗手间。"

晓瑶连忙说："哦哦，好的。"

俊杰走后，和晓瑶一起来相亲的和韵对她说："怎么样，我这个同事不错吧？"

晓瑶点了点头说："是挺好的，也挺坦白的，可是……"

若真有情，愿你爱得尽兴

"你在乎他结过婚？"和韵说，"他那点事啊，当时整个公司都知道，媳妇跟自己上司好上了，是挺丢人的。可他也没骗你不是吗？"

"我就是有点别扭。"晓瑶讪讪地说。

"俊杰这个人啊，哪里都挺好的。会照顾人，也特别能为别人着想。是优点也是缺点吧。"和韵说，"不然当初老婆和上司好那件事，换了别人早就闹得人仰马翻了。他什么都没干。"

"什么都没干？"

"哦……好像是。"和韵回忆着，"就是一个礼拜没来上班。他上司天华也是。最后也不知道怎么解决的了。都过去了，过去的事不提了。"

和韵摆了摆手。

晓瑶说："其实我也不在乎那么多，人好就行。"

五分钟后，俊杰从洗手间走出来。穿过走廊，距离就餐位置还有十步左右的距离时，晓瑶像感觉到他回来似的，转过头来，然后对着俊杰笑了一下。

那是晓瑶和俊杰的第一次约会。从那之后，两个人又频繁见了很多次——"大概是三次吧"，晓瑶思考了片刻，这样回答俊杰。

他们两个人站在外滩的广场上，缓缓流淌的黄浦江里洒满夕阳。那会儿俊杰问了晓瑶两个人是第几次见面的问题。

得到答案之后，俊杰的视线从晓瑶的脸上慢慢转移到了很远的地方。他从口袋里拿出一支烟点上，有点讪讪地笑着说："我还以为你会介意我曾经结过婚的事哩。"

"你这么说，倒是有点。"晓瑶说。

"那还要和我见面？"

"为什么就不能见面呢？"

"因为，因为……"

"过去的事情就过去了啊。"

"可你不还是介意吗？"

"嗯。我是有点介意。"晓瑶很认真地组织着语言，"可毕竟那些事情已经过去了，这是个事实呀，不是吗？虽然我介意也是个事实，但我也想要和你见面，大致是这样吧。"晓瑶垂下眼帘。

忽然感觉有人抱紧了自己。

晓瑶闻到了俊杰嘴巴里淡淡的烟味。

②

和韵最近老是抱怨晓瑶，恋爱后就和自己联系得少了。即使是在上

若真有情，愿你爱得尽兴

班的时候，晓瑶也会收到和韵信息的狂轰滥炸：

"有男朋友就不和我见面啦？"

"我靠，咱俩十几年的关系，让一个男人才半年就给破坏了？"

"你想不想知道俊杰这会儿在公司里干吗？"

"靠！俊杰和他前妻说话了，佳美那个贱人！我帮你监视他俩！"

"好了，没事了。因为天华出现了，他和俊杰关系还挺好。我服，世界太复杂了，我年纪还小，看不透。"

晓瑶工作的时候很少看手机，等她注意到的时候，未读信息已经有好几条了。然后她摇摇头，发过去一个笑脸。

而和韵一直密切帮晓瑶监视着俊杰的举动，比如俊杰去了哪里，今天和哪个客户见面，等等，事无巨细。

晓瑶无可奈何，只好给和韵回复：

"我一点也不想知道俊杰在干吗。"

"他天天和自己前妻在一起工作，你不担心啊？要换了我早就炸毛了！"

"我又不是他妈。"

"他不是你男朋友？"

"他又不是小孩子，这么大了肯定知道好歹。"

"这你就错了吧。"和韵说，"这个世界上就没有不偷腥的猫！"

晓瑶翻了个白眼。

不过，虽然嘴里说着不在意，可知道后心里还是有些芥蒂的。

晓瑶和俊杰住在浦东新区的一处公寓里，偶尔俊杰会因为应酬太晚回家，晓瑶也从来不抱怨。

只是那天，俊杰又是很晚才回家。而晓瑶依旧像往常一样没去睡，开灯等着。

帮俊杰脱掉外套，又给他倒了杯热水。两个人躺在床上，关灯之后还是没有忍住。

晓瑶问俊杰："今晚回来比往常要晚呢。"

"哦，是。"俊杰说，"陪客户吃过饭又一起去唱歌了，总想让他们尽兴嘛。"

"嘻嘻，一定是女客户。"

"男的，都是男的。"俊杰急忙否认。

"那你刚才的衣服上怎么有香水味？别骗我是歌厅里的招待，那个香水很贵的，而且味道很淡。那些女孩可不会喷这种。"

"客户真的都是男的啊……"俊杰说，"还有几个同事陪我一起去的，可能是她们身上的味道吧。哦对了，和韵也在，不信你去问她。"

晓瑶打了个哈欠，说："好啦好啦，跟你开个玩笑，看你这么紧张。睡吧。"

③

和韵哭着找到了晓瑶。

那天正是周末，晓瑶在家里打理阳台上的花卉，还有个胡萝卜的屁股，被放在拳头大小的铁盒盖里。刚刚发芽，尚未开花。

打开门之后，晓瑶看到和韵妆都哭花了，几乎是立刻将她拉进屋子里，然后赶紧拥入怀中，轻轻拍打她的后背。

若真有情，愿你爱得尽兴

"又和家里人吵架了？"晓瑶问她。

和韵在晓瑶的怀里点了点头。

"唉……"晓瑶想要出言安慰，但又实在不知道说什么才好，于是只是轻轻拍着还在抽搐的和韵，希望她的情绪能平缓些。

"我妈和王叔叔吵架被我听到了。"和韵抽噎着说，"我觉得自己好像是个累赘。"

"别管他们说什么，可能只是一时气头上呢？"

"可是我也觉得自己是个累赘啊。"和韵哭得更大声，"早知道就和我爸在我家那个小城里待着了，也不用每天都看人脸色。"

"要是不行……你来我家里住吧。"晓瑶犹豫了一下，但还是说出了口。

这时俊杰听到哭声从卧室里走出来，看着哭成泪人的和韵，惊讶地问晓瑶这是怎么回事。

晓瑶将事情原原本本地和俊杰说了。

和韵是晓瑶的大学同学，爸爸妈妈在她很小的时候离异，妈妈改嫁到了上海。和韵从小和爸爸生活在青岛。后来来上海念书，就住在了妈妈那里。直到毕业出来工作，也还是在妈妈家里住着。

"女孩子嘛，毕竟有很多不方便的地方。而且和韵和那个王叔叔的感情也一直不怎么好……"这个时候，晓瑶已经哄着和韵去客房睡了，她和俊杰在卧室里聊天。说完来龙去脉之后，晓瑶又问俊杰："让和韵在咱们家住些日子？她是我最好的姐妹了……"

"也不是不行……"俊杰点了支烟。

"那就是答应了？"晓瑶扑上来抱住俊杰。

UNIT1
时光沉淀成了故事

"行吧。"俊杰笑着说。

然后晓瑶将他的烟掐灭,轻轻吻了上去。

两个星期过去了,和韵一直都没有回家。晓瑶每天下班回来,都会去和韵的房间里聊会儿天才去睡觉,感觉好像回到了两个人上学时候的亲密样子。

除了第一天和韵一直在哭,后来的和韵情绪都很稳定,比之前看上去开心多了。

只是和韵每天早晨和俊杰一起出门工作,晚上又一起回来,让晓瑶心里多多少少有点别扭。

但想到他们两个人是工作关系,和韵又住在自己的家里,若不如此,才让人觉得奇怪呢,于是也就说服自己不必放在心上。

只除了那一次,晓瑶下班比往常要早,就买了些菜想亲手给俊杰、和韵两个人做着吃。大概是下午五点钟的样子到家,在厨房里一直忙到七点钟,做了鱼、芥菜,还煲了一锅菌汤。然后听到开门的声音,她正将菌汤端出来,走到客厅的时候,看到俊杰与和韵正看着桌子上刚刚做好的菜,然后两个人对视了一眼。

俊杰说:"晓瑶你做好了菜啊。"

晓瑶说:"今天下班回家早,就稍微做了点。好久不做在厨房里忙得乱七八糟的,也忘了提前和你们说……你们还没吃过饭吧?"然后晓瑶看了一眼墙上的时钟。

"没呢。"俊杰说,然后笑着走过来接过晓瑶手中的菌汤,鼻子凑近闻了一下,"好香呀,都是我喜欢吃的!好久没吃到你做的饭了。"

若真有情,愿你爱得尽兴

"平时太忙也懒得做，喜欢的话就多吃点，以后每周都给你做。"晓瑶笑着说，然后到厨房去盛饭。

"晓瑶，我只要一点点米饭就好了。"和韵说。

"觉得我的饭不好吃啊？"晓瑶在厨房里说。

"也不是……就是最近没什么胃口……"

晓瑶、俊杰、和韵三个人坐在客厅的餐桌上。

晓瑶默默咀嚼，俊杰狼吞虎咽，和韵拿着汤匙在盛菌汤的碗里轻轻搅拌。

没有人说话。

一分钟后，和韵夹了口菜，吃掉后把汤匙放下说："我吃饱了，先回房间休息。"

餐桌上只剩下晓瑶和俊杰两个人。

俊杰还在狼吞虎咽地吃着。

晓瑶说："放下吧，知道你晚上吃过了。"

俊杰把嘴巴里的食物咽了下去，沉默了片刻说："晚上回来的时候顺便吃了点，没想到你在家里做饭，早知道……"

"真的很喜欢吃吗？"

"啊？"

"刚才你说很香，是真的很喜欢吗？"

"啊。"俊杰茫然地点了点头，"特别香，很喜欢。你看我都吃过饭了还吃了这么多。"

"那我以后每周都给你做？"

"会很累吧。"

UNIT1
时光沉淀成了故事

晓瑶笑着摇了摇头，站起来说："我也吃饱了，我们一起收拾下？"

"好啊。"俊杰说。

和韵在那个周末下午搬离了晓瑶家里。

俊杰在外面陪客户，只有晓瑶帮着和韵收拾。

把最后一件衣服收进行李箱里，晓瑶对和韵说："这么快就找好了房子，也不让我跟你一起看看。"

"总不能老是赖在你家不走啊。"和韵笑着说，"房子挺好的，虽然小但很干净，怕你忙就自己找了几家，等我全都收拾好了来玩呀。"

"好啊，我和俊杰一起过去。"晓瑶说。

"自己过来呗，在你家住了几天，感觉像回到上学的时候。"和韵笑着说，"那会儿可真好。"

"哦，是啊。"晓瑶从床上坐了起来，走到客厅里去拿水，边走边说，"你身上香水的味道很好闻呢。"

"就是我一直用的那种啊。"和韵在袖口嗅了嗅，奇怪地说，"你不是一直都知道吗？上次还推荐你用来着。是那种很淡的味道，但是让人特别舒服。"

晓瑶端着水，倚在门口微微笑着。

和韵连忙站了起来："哎呀差点忘了，订了车在楼下等着。不跟你聊了，我要赶紧走了。"

晓瑶帮着和韵拎起行李走到电梯门口。

若真有情，愿你爱得尽兴

"丁零"一声，电梯门打开了。俊杰正好从里面走了出来。

"要走了啊。"俊杰走出来说。

"嗯，昨天刚找好了房子。"和韵拖着行李箱，又从晓瑶手上接过书包背在身上。

"我们两个一起送你过去吧？"俊杰站在晓瑶身边。

"不，不用了。"和韵匆匆走进电梯，"司机在楼下该等着急了，不和你们多聊了啊。"

然后和韵按下电梯关门的按钮，和晓瑶俊杰挥手。

"常来玩。"晓瑶笑着说。

电梯门快要关上的时候，晓瑶感到俊杰轻轻握住了她的手。

写字有治愈头痛的力量

任何人都没有办法阻止
一个人的书写
文字超脱于所描述事物的本身
而永远存在下去

写字不只有治愈头痛的力量

◇

"为什么一直要写字啊。"

"因为喜欢啊。"

"仅仅是因为喜欢吗？"

"那倒不是。只是喜欢的话很难持久的。"

"哦，那真正的原因是……？"

"就是，写字这件事有治愈头痛的力量啊。把内心里的声音写出来，它们就不能再困扰你了。"

曾经回答过这样的问题，在很早的时候。

100

那时喜欢写字，好像一点也不愿停下来似的。不管一天多忙碌，遇见怎样不顺畅的事，也还是要写。

有时候会写一些杂七杂八的感受，有时候没有任何主题，就是随手胡写。想到哪里写到哪里。

写完就丢在一边。可能几年都不会看上一眼。

以前我以为写出这些文字并没有什么特别重大的意义，仅仅是写就可以了。让内心里的声音有一个出口，顺便治愈头痛。

可是后来我发现事实并不是那个样子的。因为那时候我还不明白。

是因为有一次，可能是晚上，具体时间记不清了，总之就是不想读书，想要读点别的什么。于是我翻开过去的笔记。

不只是日记，还有工作笔记，运动笔记，以及没有灵感的时候胡乱涂抹的本子。

我看到其中一页上这么潦草地写着：

任何人都没有办法阻止一个人的书写。文字超脱于所描述事物的本身而永远存在下去。无书可读的时候，你还可以读自己写的文字。任何人能够从书中得到的好处，他都可以从自己的文字里长久且安全地获得。

我喜欢我写的这段话。它让我对我过去写的文字产生了兴趣，于是我顺着这一点点的兴趣继续读下去。我发现我读了很久，有些字迹清晰，有些格外潦草。但只要稍微思考一会儿，大概会认得出。

我以为那些文字大部分是一样的，可慢慢我发觉并非如此。每一段都是不同的。但有许多是在寻找同样的答案：

UNIT2
写字有治愈头痛的力量

我的拖鞋不知道跑去哪里了。我揉了揉头发从床上坐起来，光着脚走出门去，看到咸菜穿着我的长袖衬衫，斜靠着窗台静静望着窗外。

　　山风吹来，咸菜的长发和窗帘一起飞舞。她不时将被风吹乱的长发拢到耳后，然后眼角的余光大概是扫到了我，转过脸来冲我笑。

　　我对她挥了挥手，而咸菜又别过头去。

　　山风微凉，吹满整个房间。我感到一丝冷意，走过去从侧面将咸菜抱住，她将头斜靠在我的胸膛。

　　就这样任凭山风吹拂着。远处雾气稀薄，朝阳在山与山的缝隙中缓缓升起。

　　我在那一刻紧紧握住了咸菜的手，亦感受到她轻轻反握的温柔。

　　说老实话，我还是喜欢一个人待着。我喜欢数自己的呼吸。我的朋友问我幸福是什么。那是个好看的姑娘。她说她想要问一百个幸福的人，幸福是什么，然后要以这个为素材画一整本的漫画，这样就可以治愈许多人了。她问我的时候，我告诉她说，幸福是能感到宁静。后来觉得太敷衍了，其实还有更明确的解释。

　　就是当你看着空旷的远处，或者只是看着天空的时候，你的内心忽然和某一个神奇的时刻接触到了。你感觉到了似乎亘古以来都存在着的东西，你有一瞬间失神，感到比宁静更多也更没有穷尽的东西。你敏感地捕捉到了这一刻。你当然知道，这样的时刻是没有办法时时刻刻都出现的，可你还是深深记住了那一刻。然后在每一个你意识到的瞬间，让那一刻一

若真有情，愿你爱得尽兴

遍又一遍地带你回到那个时刻。你希望常驻在那个时刻。

哦，还有许许多多其他的文字。有些我标注了时间，有些没有。但是已经不再重要了。过去是一个状态。已然逝去的状态，你永远没法追回，独自怀念也只能平添懊恼。可能过去最重要的意义，在我们和拥有共同记忆的人谈论它曾经带给我们的快乐的时候。即使如此，也是在当下状态里的意义。

任何人都没有办法阻止一个人的书写。文字超脱于所描述事物的本身而永远存在下去。无书可读的时候，你还可以读自己写的文字。任何人能够从书中得到的好处，他都可以从自己的文字里长久且安全地获得。

我还是很喜欢这段话。

经验是最好的老师。而文字是最忠诚的记录者。

这一部分的文字，大多是为了消解自己的困惑。

希望也能帮到你。

UNIT2
写字有治愈头痛的力量

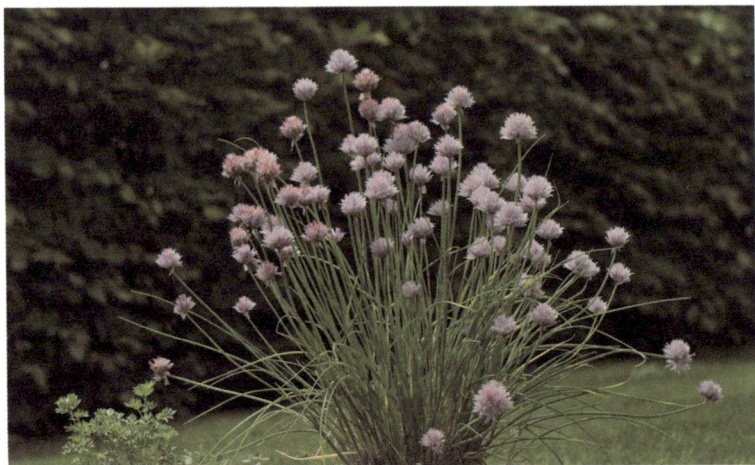

I.

别傻了，哪有人会永远坚强啊

被问到过这样一个问题：
坚强的定义是什么？
是在感到难过时假装快乐，
是在无法继续时咬牙坚持，
还是在身边失去一个人时，
假装一切都还在。

若真有情，愿你爱得尽兴

我想了许多关于坚强的定义，

但没有想出一个特别确切的解释。

在大多数情形下，

我们都想要坚强，

可软弱的想法总会来袭。

那些真正的好念头不会永远在你脑海中清晰浮现，

而坏念头却想要深深扎根。

以前总觉得，

坚强也许是时间带来的某种经验。

但后来却发现事实并非如此。

时间只是一个概念，

一个用来精确标记这个世界演化的刻度，

可它原本并不真实存在。

单纯时间的流逝并不能解决任何问题，

而所有富有生机的事物总是在行动之中。

想想一摊死水，

和流动的水，

哪一个更有生机？

一个行动迟缓，

躺在沙发上边吃土豆片边看娱乐台的体重超标者，

和一个身材精瘦，

UNIT2
写字有治愈头痛的力量

动作矫捷的运动员，

哪一个更让你觉得富有希望？

我想，

坚强大概是一种行动的能力。

一种在面对灾难的时候，

还是能够让你做些什么的能力。

你知道无论做什么，

都比什么都不做强。

无论走到哪里，

都比让自己停留在当下糟糕的现状里好一些。

所以行走吧，

相信自己内心里想要追求的，

让你确信你的生活会因此变好的东西。

真真切切做点什么，

用行动来填满每一个时间的刻度。

也不必因为一时软弱而责怪自己。

告诉自己说，

别傻了，哪有人会永远坚强啊，

有时你也会因为一句话而泪流满面，

因为得不到自己想要的东西而感到沮丧，

因为一次失败而失去所有动力。

若真有情，愿你爱得尽兴

可是，当有一天，

有人问你，为什么能够一直坚持走到现在。

你想了想，然后忽然明白，

其实只是因为，

每当想要放弃的时候，

总会想起已经咬牙走了这么久，

那么再接着走下去，

也是很正常的事情吧。

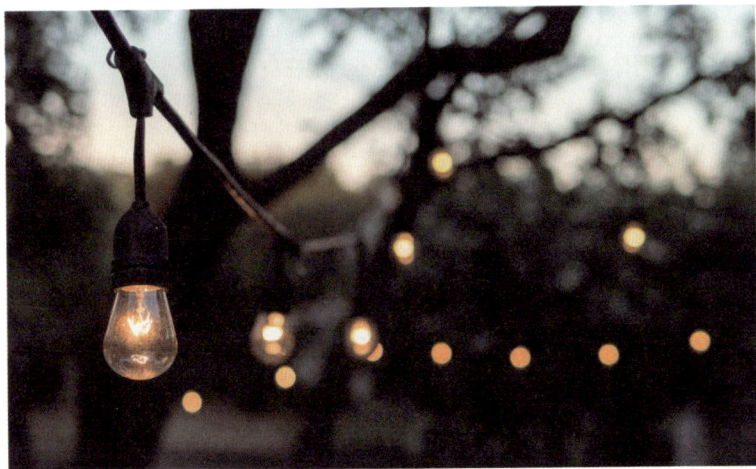

2.

不知道现在的你，是否和当初的我一样

和你渐行渐远真不是件美好的事，可我还是承认了。

承认自己不再在你身边徘徊，不再为你的焦虑、忧愁以及任何一点细微苦痛而牵动心事。

你可能并不认识我，而我却能清楚知道你的一切。这就是我们之间的区别。

你属于过去，而我属于此刻，当下。

于是，当我说，我来自未来的时候，我看到了你无比惊讶。

若真有情，愿你爱得尽兴

那时候，你和我说起生活的艰难，和生而为人的苦难。

可你从来也没有将我正眼瞧过。

我想大声告诉你，剧烈摇晃你的肩膀。喂，抬头看看我啊。看看我啊。可你就是没有听进去。

好吧，我想，还是放弃的好。毕竟坚持这种事，对我们谁都没有好处。

我已经放弃了坚持。就好像，那时候，你也已经放弃了我一样。

喂，我看你这些年踽踽独行，从来也不曾注意过身边的风景。我听到你说，那些风景和我又有什么相干？反正啊，我喜欢的人从来也不会喜欢我，我想要的一切也从来不会以我最期待的方式来到我身边。

好吧，这些都没有关系。此刻的我坐在你身边说，我们每个人都是一样的呀，看不到属于自己的未来。

但我还是想要告诉你，未来是不会按照你设想的样子忽然出现的。它是一个过程。

我的意思是说，你应该要明白这样一件事，明天和今天是绝对没有什么两样的。改变只是悄然发生，在一切平常和努力的背后。当你发现一切改变的时候，你还是会觉得明天和今天没有什么两样。

可惜，那时候你不明白这些。你还是喜欢幻想。幻想着关于美好未来的成功，却忽视了当下应该为自己做点什么。

那时候你特别喜爱评判，你喜欢那种可贵的批判精神。对一切看不顺眼的东西说不，你愿意告诉身边的人，你这样做是不对的啊，你看看这些，看看这些，这些才是好的。

UNIT2
写字有治愈头痛的力量

你用这种方式来证明自己的存在感。直到有一天，你身边的伙伴全都消失了。而那些评判，不知道为什么，在你内心里转化为巨大的罪恶感——一种你从未发觉的，在停止评判之后才发觉的罪恶感在循环着。让你想要攻击他人，而不是尝试温和地接受。

嘿，没错，我说，虽然你身边的朋友不喜欢"宽恕"这个词语，认为温和也是软弱的象征。但我还是想跟你说，宽恕是一种力量，而温和是你的保护者。

算了，这时候你也听不进去。你明白这些是以后的事。

我们还是来看看，你是如何向别人证明自己很重要的吧——噢，算了，在这个过程里我看到你无比懊恼着呢。我也像别人一样，讨厌过你一阵子，可是现在我已经宽恕你了。我不想看你难堪，所以这段日子，还是当它没有发生过吧。

你常常坐在床边，特别认真地想着，未来到底是什么样子的啊。可你却想不出。好像未来永远不会到来似的。可你又不能不想，因为你知道，它是如此和你息息相关。

你甚至朝着某一个方向大声嘶吼，却只能听到自己的回音。

不，我不喜欢那个回音。我只喜欢你。

我喜欢你天真的样子。

可我还是不能再拥有你了，因为你属于过去，而我在当下看着你。

有那么一段时间，我不是很清楚地知道我们之间的关系。从前的你是你，而现在的我，是属于你的一部分。

陌生。

若真有情，愿你爱得尽兴

当我向后看的时候，我看到了巨大的陌生。它向我袭来。我如此敏感——像当初的你一样敏感——以至于当这种陌生出现的那一刻，我就知道，我将永远与你分离。

有时我会觉得是我们错过了彼此。

后来才发现不是那样的。

我该感谢你。

感谢你曾经认为的生活的艰难，和生而为人的苦难。

如果你也活在此刻，那么你一定也依稀认出了我。但你不知道应该怎样形容。

好吧，就让我来说出口，都是一样的。你是过去的我。

而我还是我。

就是我。

跨过时光的墙，我们如此开怀地看着对方。

然后你笑着问我：

不知道现在的你，是否和当初的我一样。

UNIT2
写字有治愈头痛的力量

3.

看不清未来，没关系的

我们每个人都希望能早点遇见内心中那个完美伴侣，可随着年纪增长，岁月变迁，回过头来看，当初坚定认为的，一定可以遇见的人，到最后却都不见了。

不是我们不懂得等待。
是时光太短，双手太长。想要的太多，于是最终什么都拿不到。
时间是持续的还是交替的？

若真有情，愿你爱得尽兴

我们不知道未来在哪里，也不知道梦想中的未来究竟何时到来。面对着那样的未知，从开始的底气十足，越到后来，越变得恐惧和焦虑。

我们在这样恐惧和焦虑的情绪里生活着，又何来快乐。

但其实，我们还可以抓住一些确定的东西。

我们不知道未来到底会发生什么，但是我们大体知道未来发生的顺序。

路要一步一步走，生活会给你的努力应得的回报，但你不能一次要太多。

它只能一样一样给你。

如果一次要得太多，它就不知道自己到底应该给你什么了。

就像面临太多选择的时候，你也会选择放弃，对吧？或者选择最保守的那一个。你知道，最保守的选择，只会带来最平淡无奇的人生。

生活也是这样。

感情也是这样。

所以啊，别在意你是否会遇见心中最完美的伴侣，他（或她）当然是永远都不会出现的。可是你一定要相信，只要再走远一些，离开那些让你看不清这个世界的人和事，你总能遇见更好的人。

重要的是开始行走。

开始。

再开始。

时间不断交替。

看不清未来。

没关系的。

UNIT2
写字有治愈头痛的力量

4.

空气里有一面墙，把彼此阻隔在脚步停止的地方

"想知道未来在哪里，想知道一些确切的东西。"

当有个心爱的姑娘坐在你对面的时候，你心里一定有什么确切的感受发生了。那样地毋庸置疑，甚至让你不去在意原因。

"许多事情都是这样，自然而然地发生了。"

你想，可能这才是最重要的。于是，你坦然坐在那里，平时端起的肩膀也放松了下来。你感到舒适、安逸，感到窗外的天空晴朗，感到心里有光。

114

若真有情，愿你爱得尽兴

有人将那样的时刻定义为幸福。

还记不记得上次有这样的感受，是在什么时候？

"记不得了。"

"为什么？"

"因为从来没有在意过啊。"你说，看上去有点遗憾。

"没遇见过心爱的姑娘吗？"

"曾经有过。"

"然后呢？"

"后来我们有过一段很美好的时光。"

"再然后呢？"

"我们互相离开了对方，美好就荡然无存了。"

"可是，那些日子仍旧是存在过的，对吗？"

你有点错愕，可还是点了点头。

扭启闹钟，秒针走过的时候咔嗒作响。

你听到了某种旋律，这种旋律让你稍微坐紧了些。好像有些事情马上就要发生了。当然你也隐隐约约地知道，那些可能会发生的事，总是永远也没办法发生。

我的意思是说，如果只是等待的话。

在那样的时光飞逝中，有人行走，有人停驻。停下来的不是不好，只是那些行走的人越来越远。开始的时候你们能看到对方，走在前面的人总是回望。

UNIT2
写字有治愈头痛的力量

但是渐渐地，你们就再也看不到彼此了。

空气里有一面墙，把彼此阻隔在脚步停止的地方。

"我今天穿了你的衣服。"你听到有个声音在说，然后你将头抬了起来。

那个姑娘穿着你的衬衫。

背着阳光。

但是你看不清楚。

记忆就在那样的光芒中消散了，只留下一些确切的东西。

那是关于过去的印记。

"过去并没有消失。"你说，"而是以另外一种形式保存了下来。"

总是应当感谢的。

毕竟。

那些年，我们努力为彼此改变的过程，后来都帮助我们更好地陪伴他人一生。

116

5.

麻烦别人是件羞耻的事

其实我们都挺不喜欢麻烦的。无论是麻烦自己还是麻烦别人。只是，有时候却又不得不这样。

尤其是在遇见某些突如其来的变故时，我们一时没有解决这种变故的能力，于是，能想到的最简单快速又有效的办法，就是去麻烦别人。尤其是去麻烦那个曾经无数次给予你帮助的人。

这很危险。无论是对自己，还是对另外一个人。长远来看，其实都不是件好事。

我有过这样的经历。曾经很好，后来慢慢不再联络的朋友，忽然发来消息，说要借一笔钱急用。不好推却，于是借了。

那时候还不明白有一就有二的道理。过了一段时间，朋友又来借一笔。算上之前的总共两笔。不是什么大数目，遂借。

第三次的时候，我拒绝了。因为数目有些大，超过我对"还与不还都无所谓"设定的风险值。拒绝。

朋友不满意，遂恢复到过去不往来的关系。之前借出去的款自然也没了踪影。

不过我倒并不觉得亏了，因为我开始思考，为什么我们要选择这样帮助一个人。

实话实说，我不是什么圣贤，以前也有麻烦别人的经历。虽然信守承诺，均按期归还，但后来我明白，这些帮助并没有真的帮助到我——当然，对那时我身边每一个朋友的每一份善意，我都心存感激。

我的意思是说，当你去向别人请求帮助的时候——比如就是借钱这么直接和简单的事，即使你成功地借到了，也依然没有解决你自己的任何本质问题。无论是量入为出的能力，生活的条理，还是收入的拮据。这一笔钱到手之后，你依然很快又会陷入经济的窘迫之中。

这就是循环。

如果有人能帮我们解决那些实质的问题就好了，比如教你如何理财，如何打理生活，如何增加收入。

可惜这些事只能靠自己。即使你真的足够幸运、非常幸运，能拥有一个这样睿智又无私的人来指导，那也要你真的愿意学习才行。我们最后都是要靠自己的。

118

若真有情，愿你爱得尽兴

我想，我们都得有些独自度过苦难日子的经历。

哪怕只有一次，也能让我们明白，麻烦别人是件多么羞耻的事。

哪怕只有一次，也能让我们明白，依靠自己的力量站起来，是件多么有尊严的事。

UNIT2
写字有治愈头痛的力量

6.

哪来什么对的人

到底什么才是对的人呢？

这似乎是每个人都喜欢谈论的话题。因为我们终其一生，其实大部分时间里，都在寻找这样一个对的人。

我们以为有了这个对的人，会生活得开心点，也轻松点。没有什么可以烦恼，没有什么值得忧虑。好像"找到对的人"这件事，本身就是件一劳永逸的事。

可惜世界没有永动机，点到为止的童话才是一劳永逸。

若真有情，愿你爱得尽兴

毕竟喜欢只要短短一个瞬间，可我们总要从头到尾过完一整天。

不多也不少，永远都是完完整整的二十四个小时。

能把最初的喜欢满满当当维系整天已是不易，更何况是这之后的漫长时光。

其实啊，这个世界上，哪来什么真正对的人。

再美好的表面凑近看，也能找到零星疮痍。

有人说，幸福都是相似的，不幸却各有各的不同。

我想，那些相似幸福的共同点，有一样应该是无比重要的。

那就是"对"的自己。

只要自己是优秀的，那么遇上的人，恐怕也不会太差。再不济也能在你最糟糕的时候，带你穿过无序的纷扰，从那一片狼藉中脱身而出。

有次我和朋友聊天，对方是个很勤奋的漂亮女人。说起为什么要这样努力的时候，她对我说，就是希望能够好好做自己，一个对的自己。这样无论站在谁身边，都有着能够随时离开的底气。并非真的要选择离开，因为还是很爱。可有着不用依靠任何人的底气，总是会让感情长久一点。

卑微索取的滋味并不好受，可当你能够带着一个完整人格站在某个人面前，能得到的就都是馈赠。

不停索取只能招致厌倦，一个眼神就能让你跌到无底深渊。

比起优渥生活更重要的，是发自心底的尊重。

一生的时光很长，能遇到那个真正对的人，自然应该好好珍惜。

只是可能你我都没有太好的运气，不费吹灰之力就能等来一个完美

UNIT2
写字有治愈头痛的力量

人生。

那么不如就好好做自己，把自己变得好一点。

哪怕是再好一点。

把认真对待自己当作生命里最大的主题，不再为其他无聊琐事浪费太多精力。

你看外面的世界永远灯火辉煌，又何必急着遇见什么"对的人"。

试着和自己好好相处吧，只要一直在路上行走，孤独的日子并非没有意义。

若真有情，愿你爱得尽兴

7.

你的失败是因为没有适时离开

说不清有多少次了吧，挣扎在是否选择留下的旋涡里。

有时候想想，不如将就着。

或许即使此刻不爱，明天又想要重新在一起了呢。

你对这样的事情总是有着很多经验，不是吗？

犹豫不决，下定决心，然后安心等待失败。接着又下定决心，乐此不疲，倒像是上了瘾一样。

不，不只是在感情里，在其他任何境况中差不多也是这样。

下决心明天不再拖延，可明天又拖延如故。

到底是怎样的原因呢？你想，然后终于渐渐明白，大概只是因为，下定决心本身，就有着莫名其妙的快感吧。可能你也不是因为犹豫不决，只是过分喜欢下定决心那一瞬间的感觉。

就好像，只要那个瞬间出现了，一切就都能够彻底改变一样。

当然现实并不如此，下决心永远都是最容易的部分。

你也该相信，某个人对你说出"我会改变"时，他是真诚的。

可决心和行动，毕竟是两回事，不是吗？

困难的是在这之后。

因为每一个决心，其实都必须要付出巨大的努力——努力会伴随着痛苦。

怎样的痛苦呢？嗯，你品尝过失去的味道，不是吗？你也懂得何谓失败，不是吗？因为你好像永远也忘不了，镜子中的自己，那失望与绝望交织的目光。

天空是晦暗的。意志是消沉的。提不起来任何改变的念头，你说，认了吧。即使心底里有个声音在不断反抗着："不能这样，要坚强。"

可你还是将那个声音，硬生生压了下去。

你已经分辨不清，到底哪个才是真正的自己。

若真有情，愿你爱得尽兴

随波逐流得过且过的日子，好像是快乐的。

至少你内心里是那样认为的。

可却说不清为什么，心里认定的想法，在很多时候并不如它在内心里向自己承诺的那样美好。

因为你分明感觉到，自己更加绝望了。

每次放弃都好像是在绝望的深渊里下坠，直到睁开眼，看到的世界一片漆黑。

可即使到了那个时候，你还是以为再等等，所有阴霾都会转瞬消失。

等风来就好了。

风怎么会来呢？

你又怎能将自己，交托于那些不确定呢？

别再沉溺于那些循环反复的乐此不疲里。

反正你现在也明白了，沉浸在里面，永远也无法走出来。

否则此刻的你也不会感到难过了。

那为什么不做另外一种选择呢？

对，就是不再回头的那条路。

即使开始的时候频频回顾，可你无比明确地知道，只要继续走下去，就永远不必再回头的那条路。

到了那个时候，你会忽然明白，曾经你之所以会感到失败，只是因为没有适时离开。

晚安。

UNIT2
写字有治愈头痛的力量

8.

你好啊，旧人

旧人。

什么才是旧人呢？

有人告诉我，就是你曾经爱过的人，后来因为某些原因，说不出为什么，就不再爱了。

我说，哦，原来如此。

但心里还是不懂。

以前爱过的人，怎么就能算是旧人呢？曾经真真切切出现在你生命

若真有情，愿你爱得尽兴

里，与你分享所有快乐与难过的人，怎么忽然就变得陈旧了呢？

上次回家是在三天前。

很久没和过去的朋友见面了，以前我们喜欢喝酒聊天。如今几个人坐在一起喝茶，偶尔聊上三言两语，可总也接不下话去。

我们都在改变着。

变得离过去的日子越来越遥远，变得对彼此的生活越来越陌生。

记得那时候，我们整夜整夜喝酒，说着交心的话。如今默默对坐在一起，有的却只是无话可聊的尴尬。

并非对友情失望，只是，许多时候，友情是在哪里开始的，往往就会在哪里结束。如果是在喝酒时认识的朋友，当彼此没有酒精催化的时候，感情也总是随之淡去。而如果是在清醒时的惺惺相惜，沉默的时候，也总能有着一份难言的默契。

情深不寿的道理，放在哪里恐怕都是合适的。

友情如此，爱情又如何呢？

以前我无比喜爱喝酒，总是觉得，人生啊，若是没有了酒，该有多无聊。

于是也就特别喜爱喝酒的女孩子。

酒到杯干，西风醉眼。一起喝醉，一起在凌晨的街头说着彼此的郁郁寡欢。

你知道，人不清醒的时候，感情也是经不起推敲的。两个原本并不熟悉的人，因为激情的催化，忽然就变得如胶似漆。你有了想要和对方在一起的念头，即使在清醒之后你会为这样的念头发愁。

在那样的状态里，你会觉得自己爱上了一个人。大概是夜色清冷，总是比阳光照耀的时候多需要一点温暖吧。

可惜啊，那个年纪的你，却总是不明白，爱从来只是开始。好像夜色里的月亮，醉眼蒙眬，看上去很美。可当你真正靠近的时候，会发现它是表面上凹凸不平的东西。也许你会感到失望，也许你不会。

有时候将错就错也不见得就是件坏事。你相信一切会往好的方向发展，你相信只要两个人有爱，就能够战胜一切。

我们如此乐观，如此掉以轻心地迎接那些即将发生在我们生活里的不如意。我们甚至不知道，那些小小的不如意慢慢累积，会将我们自以为牢不可破的美好摧毁。

摧毁得体无完肤。

不想对那段时光多着笔墨——每个人大概或多或少都有相似的经历。

争吵让爱情与日俱跌变化无常，让心里的坚守远走天涯永不还乡。

一切都变了。

曾经看到过这样一则报道。

报道里说的是一个妻子，在厨房与丈夫争吵的时候，将自己的丈夫杀害。

到底是怎样一场歇斯底里的争吵呢？

其实只是一件很小的事。

可悲剧都是由小事酿成的。

一只热带雨林里的蝴蝶扇动翅膀，也许就会在不久的将来，在世界

若真有情，愿你爱得尽兴

上另外一个地方掀起一场龙卷风。

这样极端的事毕竟只是个例。我们不会这样不顾及后果。很多时候，我们心里会闪过无数个想要杀死对方的念头，但也只是那样想想而已。

就好像，面对那些不喜欢的人时，我们向来不会遵从自己的内心戏。你会笑一笑，然后说，你好。

你好啊，旧人。

大概所有分别只会在别人的口中才会显得那样云淡风轻——哦，反正就是分开了。你会听到有人对你这么说。却永远也想不到，这样平淡的话语，曾经在内心里，激起过怎样的惊涛骇浪。

但终究还是过去了。时光流逝是件无从阻止的事。

有人说，两个人分开后，能再次见面的概率，除非精心安排，否则不会比花盆砸到自己头顶的概率高多少。

可毕竟还是能够偶然见到面的。

意外的场景，身边也许有陌生的人，也许是些熟悉的老友。这些年他变了，变得稳重踏实了，变得成熟干练了，可你却有点老了。

从前看起来无比重要的心事和争执，甚至谎言与背叛，如今看起来，似乎都已经变得有点可笑了。

你走过去。

你们点头致意。

你好。你说。一切好像从未发生过。

分开后你当然又爱上了新的人，你们当然也不会如同预期里那样一帆风顺，你曾经甚至也想过，如果爱上一个旧人，也许就不会再有新问题了吧。

可彼此相见的那一刻，你终于明白，那是一件无论如何都不再可能的事。

旧日随风而逝。

一切都成了崭新的。

若真有情，愿你爱得尽兴

9.

你有多少超过十年的朋友

有多久没见过自己最好的朋友了呢？可能是你最熟悉的地方，也可能你们隔着遥远的网络，总之是最熟悉你的一群家伙。曾经有那么一段时间里，你们每天腻在一起，好像有说不完的话。

后来有一天，不知道是经过了哪一个节点，也许是工作太忙碌，也许是认识了新的朋友。你知道人的精力有限，总是顾此失彼。于是你们之间原本的热络忽然变得冷清了。

写字有治愈头痛的力量

时间长了不聊天，或者会感到尴尬。毕竟很久没再见了，若说彼此没有改变，总是自欺欺人的想法。外貌没有变化，但心境一定是改变了的。

很小的时候住在一个叫作海铺的临海小镇。常常会记起那里的河流和矮矮的山丘——我不知道那是不是山丘。总之对小时候的我而言，是一大片很高的高地。我喜欢在上面行走。

我对那个小镇一直有着深刻的印象。干净的池塘，草地里奔跑的兔子，当然还有大海。在我家向东走二百米远的地方，有一条大海的支流，顺着支流行走，很快就能看到支流汇入大海。平远，开阔，能看到往来的渔船。

但让我印象最深刻的，还是那里的伙伴。我们一起长大，并度过了不算很短的一段少年时光。

树怀，金葵，阿苗，都是在我记忆里的名字。我们曾一起念书上课，一起捉田野里的蚂蚱，还光着身子在干净的池塘里游泳。躺在水面上，身体自然漂浮起来，睁开眼睛，天空蓝得发亮。

可是后来我离开了那个小镇，就再也没有见过他们了。我在城市里开始了新的生活，在离海很远的地方，我又交了些新的朋友，过去的友谊并非刻意忘记，只是少年人喜爱新奇的人和事，记得快，忘得也快。很快失去友谊的忧愁又被新的友谊取代。

没了池塘和田野，更加没有大海和山丘。

我在城市里认识的那些朋友，直到现在我们也经常在一起。在网络上聊天，偶尔安排一次聚会。一年又一年。

大概人是越长大，也就越容易维系内心的情感吧。

不，不只是现实中的情感，连在网络里也是一样。

若真有情，愿你爱得尽兴

我一直都说网络是个很神奇的东西。

在网络刚刚出现的时候，我没有想到，仅仅是通过文字，隔着一段那么远的距离，也能够经过漫长时间的跨度而将友谊保存下来。

我的朋友幺妖，我们已经认识十年了。十年前我们写长长的信，十年后我们终于见到彼此。虚幻的场景终于变成了现实里从未梦想过的一部分。

我从四惠赶到石景山，我们一起吃饭聊天，说着各自的生活，没有太多祝愿。因为彼此都知道，祝愿没有意义。十年过去，我们都活成了最好的自己。

这些年，我们其实一直都在朝着自己梦想的地方奔跑着。或许你跑得很快，或许你有时也会觉得格外失意。只是千万不要忘了，那些站在你身后为你鼓掌的人呀。

他们都在看着你，帮助你，真诚地恭喜你。

以及随时准备在你最耀眼的时候，转身离去。

你有没有超过十年的朋友，还能找到他们吗？

UNIT2
写字有治愈头痛的力量

10.

庆幸我们都一样

那时说过："可能就是因为，太不拿自己当回事，所以看到那些特别重视自己感受的人，才会觉得不太能够理解吧。说起来，也是一件很自卑的事呢。"

觉得自己无论在哪里，都不会是闪光的那一个。普通，平凡，和任何人都没什么两样。做了怎样成功的事，心里也只会想着，如果别人愿意做的话，肯定比自己做得好。遇见怎样让人惊讶的变故，只要想到，每个人在那一刻都是同样的反应，也就不会觉得特别意外了。

若真有情，愿你爱得尽兴

无论怎样都是一样的——总是有这样的想法在脑袋里面盘桓着。并不是对一切悲观或者感到失望，也相信努力和时间会慢慢改变些什么，如果时间足够长，甚至会颠覆身边的一切。但今天和明天，明天和后天，都不会有什么两样的。你没法真的活在未来里，能真切体会的其实只有现在，每一分每一秒。

从什么时候开始的呢？从什么时候开始，变得不像从前那样，重视自己细微的感受，认为自己是一个应该值得骄傲的人呢？

大概就是从忽然有一天发现，自己并不是这个世界上独一无二的存在开始的吧。

和每个人有相似的想法，大体上和身边的人都在做着相同的事。一样地穿衣吃饭，一样地为琐事发愁，一样地愤世嫉俗，一样地……

还记得电影里那句台词：

"我希望这个世界因为有了我，而有一点点的不一样。"

当时听到的时候，心里是有触动的。曾经的梦想找到共鸣，好像就忽然有了成真的希望。

后来才明白，原来啊，就连"希望世界因为有了自己而变得有那么一点不一样"这样的梦想，也是和别人一样的。

不。

不必为此失落。

我想，人怎么能够因为自己不够独特而感到失落呢？是应该感到庆幸才对吧。想到自己是个平凡的人，无论怎样地忧愁、焦虑、愤怒和痛苦，都变得不是那样引人注意了，反而会觉得安全和平静。

想要拥抱些什么。拥抱那些生活里的平凡和普通，在深深吸气之后，慢慢地呼气，整个人变得平静下来，不再有微皱的眉头，嘴巴也不是紧张地轻轻抿着——好好放松一下，就好像在那一个瞬间里，连自己都好像不再存在了一样。

如果时光能够定格在此刻，能看到的就只剩美好了吧。

因为再没有能遮挡目光的东西了。你开始明白，每个人都是一样的。

愿你此刻感到平静和安全。

若真有情，愿你爱得尽兴

II.

人们最擅长的事，就是嘲笑他人的坚持

你会为什么事情而感到恐惧？

我会为没有收入，我会为不固定的生活。虽然我知道我不会饿死街头，但我也明白我的生活不会永远安逸。

你会遇到一堵墙，早晚都会遇见的。你选择自己越过去，还是找些朋友过来，帮助你，将那堵墙打开呢？我想，大概是后者居多。我就是这样遇到那堵墙的。

我常常会感到恐惧。是的，是那种彻头彻尾的恐惧。即使现在也

UNIT2
写字有治愈头痛的力量

是。但我感谢这份恐惧，能够让我不懈怠，能够让我不停向前奔跑。

哪怕耗尽了力气也要继续跑下去。

一直都说，人生这回事，逆水行舟，不进则退。没有人会原地踏步，若不是在前进、若不是在变好，那么就一定是在变坏。

慢慢地腐烂，直到有天发现大事不妙。

是的，这就是我的看法。无关乎对错，因为我相信事实。人的感觉会骗人，但数据不会。去看看那些优秀之人和潦倒之人的区别，很容易就能得到答案。

你说，我们最擅长的事情是什么？

好吧，其实是自己骗自己。骗自己生活还过得去，那就这样吧。骗自己一切都挺好的，那就安然守住现在吧。我们不喜欢变化，因为面对改变是一件困难的事。

我想，你一定不希望自己是个怯懦的人。在大多数时候，你渴望勇敢。那么，请你在面对改变的时候也别退缩。勇往直前。甚至，当生活过于容易的时候，你要想办法让它变得更困难。当然我不是指让你在结婚的时候离婚，幸福的时候非要搞什么幺蛾子。你已经长大了，早已不再叛逆，你有自己独立思考的能力，你肯定知道智慧和愚蠢是不一样的。

别傻了，谁都希望生活安稳。但生活永远只是看起来安稳。总有比你更努力的人。你没办法超过所有人，你能做的，就是超过昨天的自己。

痛苦让人成长。永远都是这样，而且它会让你成长得非常迅速。

我知道这听起来像"鸡汤"，大概吧，管他呢。至少是我相信的东西。如果你也愿意相信，那么就别去管那些嘲笑"鸡汤"的人。

人们最擅长的方式，就是嘲笑他人的坚持。他们希望将你拉低到和他们一样的位置。看啊，那个是"鸡汤"，笨蛋才相信。

你肯定不是笨蛋，你肯定知道什么是好的，什么是坏的。如果你不知道，请你白纸黑字地写下来。然后仔细分辨。

如果，你认为故步自封是好的，现在就很完美，你觉得这些都是狗屎，那么请继续。你无比自由，没有人能够干涉你什么。

如果你觉得奋斗是好的，那么就请努力。然后，别在乎那些嘲笑你的人，不断改变自己，在生活里加入一点积极且有难度的变量。

因为你知道，一成不变只会让你止步不前。

12.

人与人之间的疏远，
都是从彼此感觉到不被对方需要开始的

我的朋友曾经问过我这样一个问题：

人与人之间的疏远，到底是从哪里开始的呢？

好像只是，原本无比要好的两个人，忽然就变得形同陌路。

"你还能想起对方，但也仅仅是想起而已了。"

很多时候，我们都不得不面对这样一个现实。那就是，空间上的距离，是能够让两个人在心理上也变得疏远的。

所以从不相信感情能在彼此异地的情况下延续很久。再激烈的争执，只要还能触摸到对方，一切就都会平息。而再小的不满，身边少了对

140

方的陪伴，都会酿成更大的悲剧。

"你不再是我心里最重要的人了。"

心里忽然响起这样的声音。

任何形式的感情似乎都是这样，一方说结束的时候，其实就已经结束了。

你对我笑了笑，我也对你笑了笑。

无论从前多么要好，一旦心里有了距离，也就变成了点头之交。

若不如此，总觉得更为可怕，因为彼此还要假装一副很要好的模样。

无论对身处在这份关系中的哪一方来说，其实都是痛苦。

你喃喃呓语。一切不应该是这样的，可终究还是没法改变。

不知道从什么时候开始，我们不再有卷土重来的底气，不再喜欢追求那些看似亲昵，事实上又无比陌生的关系。

我们不再知道应该怎样做才能走到对方的心里。

我们不再感知到彼此。我们甚至曾经忘记了我们有能够感知到对方的能力。

我们甚至也不觉得可惜。

人与人之间的疏远，到底是从什么时候开始的？

人与人之间的疏远，是感觉到自己不再被对方需要开始的。

只是后来我们渐渐明白，

你没有变，

他也没有变，

不是时间疏远了彼此，

只是那些年，

大家一直都在假装混得很熟。

UNIT2
写字有治愈头痛的力量

13.

如果有机会和喜欢的人在一起，不要等

我和我的一些朋友，有些还保持着邮件的往来。并非不喜欢即时通信带来的便捷与迅速，只是有的时候，只是你来我往的交流，对我们而言似乎是不够的。还是想要沉淀下来，将自己脑海里纷乱的思绪仔细梳理，然后都变成文字，写给远方的伙伴。

不，也许，我们在内心里都明白，那些梳理后的思绪，沉淀过的想法，并不是写给任何一个人的。我们只是写给自己。而我们的朋友，只是作为我们内心里那个真实自我的见证者。

若真有情，愿你爱得尽兴

我曾经在我的信件里，提及过我的一段感情，充满了快乐与希望，也有坎坷和无助的时刻。

只是结局不美，遗憾收场。

时间过去很久，我原本也早已忘记，但文字依然保留下来。那天我回头去看，看着我曾经写下的文字，忽然发觉，那些情绪竟是如此清晰而又陌生。

清晰到我还是能隔着远远的时光，隔着已经逝去的、不会再发生的时光，感受到一种类似于心痛的东西。陌生的是，我竟然已经完全感觉不到那些情绪与我之间的关系。

不过，我还是切切实实感到了遗憾。

你的心里，一定也有一个自己喜欢的人吧。那时候，你没有勇气说出口的喜欢，到最后，都变成了生命里无法重新来过的遗憾。

我曾经心里有个喜欢的人，可惜因为一些原因，我们最后没有走到一起。

我觉得有点惆怅。虽然很喜欢现在的生活，虽然觉得自己此刻非常幸福，但心里的遗憾就在那了。偶尔还是会冒上心头，如果当初坚持一下，如果当初勇敢一点。如果是那样的话，就好了。

当然，我知道遗憾这种事，是永远也没法避免的。即使当时成功了，心里也会拥有其他的遗憾。

这一年马上就要过去，我已经不是少年了，我知道这样的年头，我将迎来的，慢慢就不再是长大，而是老去。

我并不惧怕老去，我明白衰老是伟大生命的一部分，不能割舍，无比神圣。

但我们永远也没办法否认生命短暂这个事实。

是的，生命如此短暂，如果有机会和喜欢的人在一起，不要等。

有时候，只是转念的想法，只需要勇敢那么一点点，时过境迁后，你也会为自己当初的决定倍感欣慰。

愿未来的你，感激现在的你。

若真有情，愿你爱得尽兴

14.

失去让我们变成了最值得拥有的人

记得去年去东京见好友，喝了不少酒，婉拒相送，从他的住处走出来回酒店，虽然不会说日语，但还是顺着路标上的汉字找到了回去的地铁。

凌晨的东京，地铁里也挤满了人。每个人的样子看上去都神采奕奕，若不是明知外头的天已经黑了，倒像是一天刚刚开始一样。

我站在角落里，脑袋原本有些昏沉，过了一会儿也就变得好些。听得清身边人说话，可一个字也听不懂，只是声调有起有落，倒还很有趣。

我忽然有些失神，脑袋里面空空荡荡了那么一会儿，接着就开始想为什么一下子就到了这儿。

我看着身边一个一个陌生面孔，好像自己整个人都悬在半空。

总是想要，落下来的吧……我想。

无论是在哪里，心里总要有一个踏实的去处。

你有没有体味过失去的感受？

原本只是一个人在某个地方安安静静地生活，接着有一个人闯了进来，很幸运是一个你喜欢的人，然后你们就那样在一起了。生命也好像忽然有了某种力量，你感到这个世界斑斓可爱。在这样并肩行走的过程里，你总是充满了希望，开始期盼每一个明天。

一晃许多年过去了。

忽然有那么一天，那个人从你的生活里消失了。你再也不能看到他了。你整个人仿佛被撕碎了一样。

世界一点也不温柔，天空一点也不明亮。你就这样整日行走在黑暗里，仿佛永远也看不到阳光。

糟糕透顶。

你这么想。事实也确实如此。

没人喜欢那样的生活啊。

可是，我们又有哪一个人，不是从那样的过去里走出来的呢？

以前不喜欢旅行，总觉得逃避不是办法，该面对的总要面对。可当回忆闸门忽然打开的时候，那些难忘的过去一下子涌入脑海，还是会感到丝丝惆怅。

我们就是这样和内心里的思绪深深对抗着，找不到出口，只能任由

若真有情，愿你爱得尽兴

它们在内心中横冲直撞。

那晚，我的朋友对我说："如果你想要体会那些你从未遇见的生活，那么就一定要做现在的你未曾做过的事。"

我对他说，大概正是因此，我才站在了这里。

不是为了逃避，只是想要在不停前行、永无尽头的思绪里停下来。

你有没有尝过失去的感受？

谁知道呢，也许有，也许没有。也许你还记得，也许你早就忘了。可是，我们总会明白，正是那些失去，让我们变成了最值得拥有的人。

因为在那些失去的痛苦里，你慢慢变得坚强。坚强到即使被人欺骗也还是能够原谅，坚强到即使还是无法面对绝望，但心里已经有了容纳悲伤的地方。

你越来越值得自己拥有的一切。

UNIT2
写字有治愈头痛的力量

15.

时间宝贵，别和不喜欢你的人浪费时间和精力

"时间宝贵，别和不喜欢你的人浪费时间和精力。"

来自朋友的一句话，以前不觉得有什么。现在经历的人和事越来越多，总会遇到些并不是那么让人舒适的家伙，彼此会有摩擦，会有分歧，就此决裂分道扬镳还是好的，但大多数时候，我们不得不碍着某种原因共

若真有情，愿你爱得尽兴

同做事。被聒噪得多了，觉得倒也不是没有道理。

以前很怕遇见不喜欢自己的人，会觉得尴尬，想要做点什么来缓和彼此间的关系。后来努力多了也就慢慢明白，其实你做得再多也没用。不喜欢就是不喜欢，大家气场不和。

之前很流行一句话，叫"圈子不同，不必强融"。放到这里恐怕也合适。

你常常会遇见一些和你意见不和的家伙。哦，不对。意见不和还算是好的，有什么样的话摆在明面上说。不奢求把话说开了大家不打不相识，只求别暗里较劲。你看我不顺眼，我骂你一句傻×。大家明里撕扯，快意恩仇。

就怕九曲十八弯，揣着明白装糊涂，撕扯挺爽快一件事，搞得比生孩子还费劲。

没话找话聊的场所更磨人。你说两个人干巴巴坐在那儿，总得说点什么吧？可对面的人你也得喜欢才行啊。只要喜欢，绞尽脑汁投其所好都没什么，我遇见自己喜欢的人恨不得把脑袋里所有好玩的东西都抖出来，所有真诚的赞美都说出口。

不过，和喜欢的人没话找话聊那是心甘情愿，和不喜欢的人也这么干可就太累了，简直受罪。

嘻嘻哈哈插科打诨，不如耸耸肩膀一个转身。别怕尴尬，接不下去话茬，沉默哪怕两秒钟你都会觉得是世界末日。

拍拍肩，轻松点。很多时候我们之所以觉得难过，其实只是因为，我们在那些不相干的人身上，浪费了太多时间和精力。

把厌恶当成空气。拒绝的时候，就是有那么一点爱谁谁老子就是不理的底气。

UNIT2
写字有治愈头痛的力量

有人说，这个世界，不是你不去犯人，别人就不来犯你的。尤其是网络时代，只要不喜欢你，隔着网线，敲几下键盘，就能把你祖宗八代问候一遍。即使你并没有对他做什么，你甚至都不知道这些人是从哪里来的，怎么忽然就打过来这么多叹号。

　　那么，遇到这样的事，怎么办？

　　"疯狗来了怎么办？"

　　"疯狗来了，关门就好。"

若真有情，愿你爱得尽兴

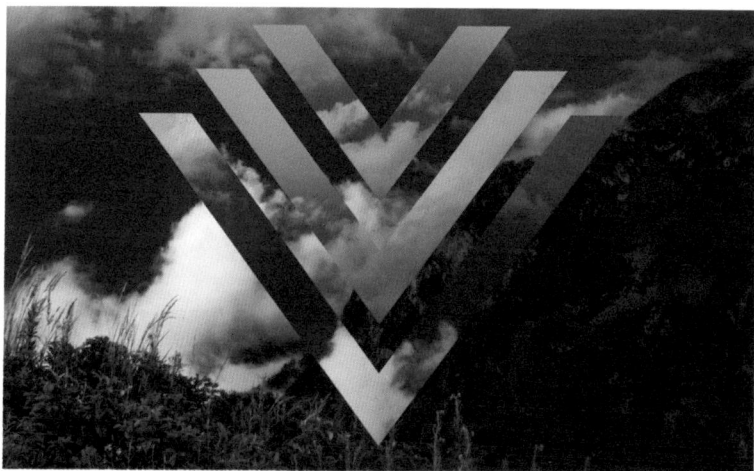

16.

收起你的冷漠蛮横忽冷忽热吧

人越长大，越容易想起以前的事。你觉得自己早已忘得一干二净的事。

熟悉的场景，听不太清的对白。

梦里有光，无尽的纠缠和笑脸。

那是段荒唐的日子——如今看来的确是荒唐的日子，无论当时有多美。

可能，我是说可能。你甚至会想，永远都不要再相见了吧。大家就这么彼此忘记也很好。情绪不再有波动，你不再认识我，我也不再牵挂着你。

恩恩怨怨随他去，既然当时有多美好，现时就有多荒唐，那么当时看起来好像永远也过不去的坎，如今也能够云淡风轻了吧。

　　可是你说，不行。心里头仍旧有牵挂，曾经占据心里那样一大片地方的人，怎能说忘记就忘记呢。你还记得，也愿意记得。

　　你说，爱恨痴缠必有亏欠，很高兴我还惦记着你，很希望你能不再回来。

　　没有挖空心思的讨好，没有七上八下的不安，没有担心失去的慌张，更加没有配不上对方的自卑。

　　你甚至还觉得松了口气。你在心里默默地说，收起你的冷漠蛮横忽冷忽热吧，它们再也威胁不到我了。

　　你步伐轻盈，笑容满面。你觉得风吹在脸上很清爽，你觉得头顶的天空蓝得发亮。

　　只是，忽然就变得不开心了。

　　不是因为醉酒——你讨厌喝酒，讨厌酒精上头的感受——也不是因为遇见了以前的什么人，什么事。你知道那些早已离你远去了。

　　你也说不出原因，原本轻快的情绪一下子低落下来。低到了谷底。四周荒无人烟，你感到孤立无援。

　　爱恨痴缠必有亏欠。你想。很多事情，不是有多难忘，就有多值得回忆。

　　尤其是那回忆里只剩糟粕时。

　　收起你的冷漠蛮横忽冷忽热吧，你说。

　　它们再也威胁不到我了。

若真有情，愿你爱得尽兴

17.

为什么我们开始变得冷漠

冷漠。字面解释是指冷淡与不关心。因为一些原因，这个词语在生活中使用的频率越来越高。我们对远方世界发生的一切冷漠，我们对明天发生的事情冷漠，我们也对陌生人冷漠。我们开始不知道什么东西是珍贵的，因为一切唾手可得。我们坐在家里就有人可以送来外卖，就可以叫来阿姨收拾房间。我们觉得，我们已经不必花费时间来维系人际关系，于是亲近变得疏远，陌生更加陌生。

而我们不想要的越来越多，想要的却从未变过。

就好像，我们对别人冷漠的同时，依然如此渴望有人关心爱护，渴望在善意的包围中感到温暖。

　　尤其是在生病时——我想你也一定有过生病的经历吧？你感到身体没有力量，心灵无比孤独，身边无人关怀，全世界的冷漠向你袭来。你感到悲伤和无助，却不知该如何改变这种现状。于是你一个人坚守着心灵中那份可怜的孤独，决定对一切更加冷漠。

　　恶性循环如此生生不息，像是一种伟大的疏离，如果——我是说如果，我们没有感受到，那种发自心底的，想要和身边的一切结合，想和它们和平共处的意愿的话。

　　喂，你还不知道吧，其实在这个世界上，是有着被称为"相互作用"的规则的。也许有很多人早就对这种规则做出了解释，比如"因果"或者"报应"。但我还是比较喜欢用"相互作用"这个词，一来它更具有描述性，可以更好地帮助我们理解这种规则。二来"因果"或者"报应"近些年已经被过度使用了，人们给自己的评判寻找理由，或者为有害行为寻找理由的时候，都会使用这两个词。

　　你可以从许多事情上看到这种规则。想象一下，当我们攻击他人的时候——无论是语言上的攻击还是身体上的攻击，其实都是因为我们想要得到些什么。我们攻击他人不负责任，是因为我们希望自己是一个负责的人。当我们攻击他人的时候，我们好像是负责的。（虽然事实并非如此，可我们希望自己感觉好一点。）当我们在身体上攻击他人的时候，其实我们真正想要的是和平，是不希望自己被伤害。于是我们选择了伤害他人。可惜，根据相互作用规则，我们并非总能够达成所愿。因为我们给予了他人伤害，所能得到的，无非是这种伤害的反弹。任何形式的反弹。内心的自责，身体的伤痛，或者其他的什么。

　　所以，当我们不想让别人对自己冷漠的时候，我们一定要看清楚的是，我们想要的，是他人对自己的关怀。而得到这种关怀的方式无比简单，就是先将这种关怀给予他人。

　　我们倾向于认为，给予与获得是统一的，无法分开，你给出的总是会回到你的手里。通过试着将自己珍视的东西给出去，你会感到充满力量。

　　所以为什么我们要选择冷漠呢？

UNIT2
写字有治愈头痛的力量

18.

在爱情里，我们为何如此依赖感觉

我总是在想，为什么我们要如此依赖感觉呢？不只是在爱情里，甚至在生活的方方面面，我们都如此依赖感觉。不知从什么时候开始，这样的思想就根深蒂固：没问题的，让感觉来左右你的选择吧，跟着感觉走总是没错的。

什么事物让你怦然心动，你就喜欢它，因为那一定是你内心里真正渴望拥有的。于是，我们跟着这样"心动"的感觉，得到了许许多多我们喜欢的东西。

156

慢慢地，我们得到的越来越多。我们好像对任何好看的事物都感到心动。当初"跟着感觉走"，如今却好像是被感觉奴役了一样。你没有办法停止，因为感觉告诉你，停止就意味着失去。

那是来自内心深处的声音，是思想的一部分。这也就意味着，它永远不会停止，且充满了创造的力量。

我曾经相信感觉。因为我坚信，这是能够让我得到快乐的捷径。于是，我跟着这种感觉，去喜欢我想喜欢的人，然后有一天，感觉消失了，这让我无比失落。

不，开始的时候不是这样的。一定是哪里出了问题，再继续寻找，下一个也许就对了。

就这么着，不停追逐，不停得到，又不停失去。开始总是快乐的，但最后又难免痛苦。

我慢慢开始明白，也许就这样，跟着感觉不停追逐下去，我仍然和现在没有什么两样。内心里真正渴盼的东西，也永远不会真正到来。

于是我开始慢慢停止了脚步，去思考那些感觉到底是什么。

如果是快乐的话，我得到的只是痛苦，如果是热闹的话，我得到的只是狼藉。

感觉没有出错，因为回忆沉淀后，会刨除所有的细枝末节，留下的就都是快乐了。为什么我们要依靠感觉活着？我想，也许因为它是天性的一部分，如此重要，如此不可分离。就像没有恐惧，我们就没有办法规避危险，而没有欲望，我们就没办法感受快乐一样。我们不能失去它，否则一切就没有了意义。

可只是任凭感觉肆意左右着选择，我们永远不能够得到那些我们想要的东西。可能，我们能做到的最好的事，就是学会分辨什么是好的感觉，什么是坏的感觉吧。

我的意思是说，在那一刻，你的感觉会告诉你，顺从它会更好。但你心底里明白，长远来看，那只能招致无休止的挣扎。

你想感到幸福，但失去只有痛苦。你知道感觉能让你有足够的动力去追求你喜爱的一切，也能让你亲手将这一切摧毁。

就像你以前总觉得最潇洒的状态，就是觉得一段关系不合适的时候，能有随时离开的底气，但慢慢发现事情好像不是这样的，因为一生太长了，若是长久相处的人，"觉得彼此不合适"这样的情绪难免会出现，换了谁都是一样的。

然后开始明白，真正的潇洒，其实是当这种情绪出现时，也能像不曾存在过一样，继续好好对待身边的人。

若真有情，愿你爱得尽兴

I9.

现实阻隔着空气，于是只好在梦里遇见你

还记得有人说过。

写歌的人假正经，听歌的人最无情。

好听的句子很多，每一句都唱到你的心里了。

但似乎最终也没留下什么。

像不燥的微风，一拂而过。

那样的句子听得久了，也就渐渐变得无动于衷。

因为你开始发现，歌里的世界再精彩，好像也与你无关。

你会明白时间将要带给你的，就好像你会懂得你将要失去的。

在少年人的世界里，失去从来都是一个永恒的主题。

我们一直都在失去着。

一直都在。

我从梦里醒过来的时候，看到天上的星星很耀眼。以为自己看错了。于是我对身边的你说，你呀，快起来和我看星星。

你假装没有听到。我的心里似乎也有了那么一点触动。不行的，不可以这样的。我想。

因为依旧是在梦境里。

不然醒来的时候，又怎会看到繁星。

分开这么久，忘了和你说，没有你的日子其实一点也不好过。我一个人在路上走着，时常走着走着就感到困惑。这一生的日子走下去，到底是为了什么？至今我都想不通。

有些什么样的情绪，在内心里真实发生了。让你能看到，能听到，能遇到。

喜欢触摸这个词语。

许多事，你必须要去做，才知道其意义。

160

就像很多人出现在你脑海中的时候，你似乎觉得并不是那样重要。然而，当你触摸到对方的时候，才会恍然发觉，原来不是对方不重要，只是你已经有很久都没看到他了。

大概这是梦境之所以总是美好的原因。

现实阻隔着空气，于是只好在梦里遇见你。

我们一直都是孤独的。

从前如此，往后如此，也许很久很久以后，也是如此。没人能真正走到你的心里，哪怕你对别人说，你的心门是打开的，也还是不行。因为那个地方毕竟很小，只能容纳一个人。你已经在里面了，所以即使大门是敞开的也总是无济于事。

20.

想变成一个配得上你的努力的自己

看过这样的统计，说每人平均在社交网络上的好友有一百五十个，但真正与自己互动交流的只有四个，和现实世界里差不多。

想来，无论社交方式如何便捷，无论原本有限的社交时间如何被更高效的方式取代，内心里的位置还是不变的。

永远都只是那些，有人进来，就有人离开。

你肯定也有过这样的经历吧。去参加有很多人的聚会，或者去酒吧

若真有情，愿你爱得尽兴

里喝酒。那样的场景里，你当然能认识许多新朋友。

在酒精催化下，彼此之间的关系，似乎跳过了陌生、沟通、了解和信任这一系列漫长的过程。

酒杯相碰的时刻，彼此变得心照不宣。

你们互相留了联系方式，说彼此常联络。

只是最终大部分的常联络，都变成了不联络。

当然不是说，在那样的情况下，就不能遇见可以陪伴自己相当长一段时间的好友。但毕竟也只是少数。

心里可以邀请别人进来的空房间只有那么多，门打开了，对方进来坐一坐。门关上了，彼此就再也不联络。

因为对方心里的房间也只有那么多。里面肯定还住着比你更重要的人。

外面的世界总在改变。

曾经恐惧这些改变会将自己淹没。

于是也在不断改变自己，去了解新事物，去寻找新伙伴。

像被什么东西在后面追赶一样。

若都在心里留下来了，大抵也能算得上一笔宝贵财富。可大部分时候，也只是走马观花。看过了，就忘了。遇见了，就告别了。

什么都没有留下。

不过还好，许多经历即使看起来没有意义，但归根结底还是能收获些什么的。就像即使是看上去静止的东西，也依然处于不断变化之中。像一块石头，只要时间足够久，也会被风化或者累积成山。

无非过于缓慢罢了。

UNIT2
写字有治愈头痛的力量

而那些走马观花的经历，虽然花了很久的时间，可也告诉了自己这样一个事实：学再多的东西，都不如将自己擅长的先做到最好。遇见了再多的人，都不如好好珍惜身边真正重要的几个。

　　当然，我并不是说，我们不该去拓展视野，或者结识新伙伴。

　　只看如何选择。自己的事情做好没有，是否忽视了身边人的感受。

　　这中间有一个美妙的平衡，否则改变会变得盲目，进取也会变成浮躁。

　　情感的建立，遵循着必然的规则。

　　如果越过了那些必经的步骤，就必须要付出些什么。

　　亲密之后的骤然生疏，大概就是其中一种。

　　而原本有机会可以通过稍微长时间的相处和理解，成为更好的朋友的伙伴，却因为这骤然的变故，忽然的生疏，而掘出一道深深的沟壑。

　　彼此之间想要更进一步，就变成了件顶困难的事。

　　唯一的例外可能是爱情。

　　因为爱情是建立彼此绝对信任关系的捷径。

　　可这并不意味着，我们就不需要抱有警惕之心了。

　　想想看，爱情分崩离析的时候，在某一段时间里，你的生活几乎是被摧毁的。

　　你可以将其理解成捷径的代价。

　　但只要好好珍惜，这些都是可以避免的危险。前提是我们意识到了。

　　若因为得到爱情，变得松弛下来，不再对自己有所要求，那么我想，我们都会处于一个并不怎么好的境况里。

　　最起码，争吵和摩擦是会不停出现的。

若真有情，愿你爱得尽兴

并非完全理解这些后才开始让自己有所改变。

行动和思想似乎是同时发生的，彼此互相影响着。

我的意思是说，是因为先有了某种意愿，然后在这种意愿指引下去行动。然后又在那些行动里，慢慢寻找出了某些原则。

忘记是哪一个时刻，忽然对如此毫无改善，总是陷入得到、失去、得到、失去怪圈中的自己感到厌倦。

于是开始缩减身边的人际关系，短促的亲密虽有快感，可毕竟还是不愿意面对接下来的生疏。

于是转而去遵循一些原本就固有的步骤，从沟通到了解，再到慢慢信任。

当然，这需要一点耐心。不只是耐心等到信任来临的那一天，也要耐心等待自己从过去那种快速得到、快速失去的模式里转变。

虽然建立友谊的时间会长一点，但换来的是更平缓的关系。而且能看到以后很远的时候，那样的关系会在彼此的磨合中渐渐变得更为稳固。

两个人都在或明或暗地督促着对方的进步。

因为心里头都明白，如果自己不走快一些，最后肯定会被抛下的。

没有人会等待一个走得很慢的人。

或者不如说，没有人会永远等待一个比自己走得慢的人。

于是，出于不想被抛下，不想变得孤独的恐惧，又有了不想失去这份感情的珍惜，只好逼迫自己走快一些。

爱情亦是如此。

所以无论如何，我们都必须变成足以配得上对方的努力的人才行啊。

不然总有一天会被抛下的。

UNIT2
写字有治愈头痛的力量

21.

心里有些美好希望，好过彻底绝望

一直都觉得，当你不会辜负他人希望的时候，他人也一定不会辜负你的希望。

"如果你的生活出现了什么问题，那么一定是你哪里出了问题。"日记里写过这样的句子。

我的朋友曾经问我，自己的恋人喜欢上了别人，他感到无比痛苦，想不通是为了什么。他痛斥和诅咒那两个让他受到伤害的人。

再常见不过的戏码。我们总能遇见这样的事。

若真有情，愿你爱得尽兴

喜欢新鲜事物和恐惧未知都是天性的一部分，你没办法更改。至少目前还没有任何办法。于是我们只能选择与其和平共处。

那些痛斥和诅咒，以及对爱情的绝望陪伴了他很长一段时间。后来我们见面，他变得不再像从前那样激烈，可谈起这件事，仍然感到愤慨。

"也许是当时你做错了什么？"

"就算有错，都比不上出轨来得严重吧。"

"总有个先后顺序。如果没有之前的错误，后面的许多事也许就不会发生了呢。"

"我没有错。"

"也许是少了陪伴的时间？"

"总要工作才行，不然怎么生活？"

"也许是从来没有表示过关怀？"

"我给她买了不少东西。"

"关怀不是物质上的东西。"我说，"当然物质也很重要，但两样东西是没办法互相代替的。"

"哦，那就是少了关怀吧。"

"对方感觉不到爱的时候，会做些什么事呢？"

"出轨总之是不对的。"

"但我们自己总有些问题，没有这些问题的话，一切就都不会发生了。"

我的朋友并不同意这样的论调。他说这样的想法太不切实际了，"当情绪上脑的时候，你根本没办法这样想，你的想法太理想化了。"

"大概。"我说，没有再继续争论下去。

UNIT2
写字有治愈头痛的力量

你知道，我们永远没有办法说服一个不相信你的人。每个人都有自己看待世界的逻辑，为什么是这样，而不是那样。怎样做才最好，甚至到如何安排起居，调整心情，每个人都是不同的。

只是我还是愿意相信这样一件事。

当你没有辜负他人希望的时候，他人也一定不会辜负你的希望。

也许这样的公式不一定永远成立，但心里存着这样的信念，心情也会变得快乐些吧。

毕竟心里有些美好希望，好过彻底绝望。

若真有情，愿你爱得尽兴

22.

遗忘是每个人的天性

　　有人问我，和恋人分手后，两个人所有的联系方式是否应该被删掉，那样遗忘的速度会不会快一些，因为想要快点走出来，不想在阴霾的日子里待太久。想回到对方尚未出现的日子里，然后和从前一样，好好生活。

　　并不是没有过这样的分手经历。总是觉得，恋爱是一对陌生男女迅速建立绝对信任关系的捷径，可也像所有的捷径一样，充满了各种各样不可预知的危险。翻脸不认的决裂，也许算得上其中之一。信任崩塌，反目成仇，原本的亲密无间变成了虎视眈眈，空气里全是陌生的味道。我们一边心疼自己，一边憎恨对方。也许有过想要挽回的念头，可在那样的情绪里，却成了大海中的一叶扁舟，稍不留神，便全军覆没。

美好有多好，结局就有多糟糕。这些都没错，就像星辰闪耀在天空里，陨落后也只是一片废墟。

毕竟，两个人和平分手，就像遇到从一而终的良伴那样难得。

只不过，即使删掉了对方所有的信息，抹去了曾经所有的印记，恐怕也还是不能在心底真正忘掉。反而想念的感受，会更深刻地袭来。让你在每一个失眠的夜晚，不停去寻找所有能找到的，关于对方的信息。你不知道自己为何寻找，只是像一件必须要完成的事。

在那一刻，命悬一线。

很多时候会想，两个人之间的关系，也许并不是除了如胶似漆，就必须反目成仇的。

生活有自己的惯性，分开后，心里还记挂着对方，想要了解对方的所有近况，过得好不好，是否又开始了新生活，甚至，还记不记得自己，对两个人的过去有没有像自己那样怀念。这些都是再正常不过的事。非要让自己忘掉，总是不太明智。

所以那些信息和联络方式，不如就安安静静躺在你的手机里，只把心里的爱意淡淡抹掉吧。那样即使忘不掉，也不必时时记挂了。总有一天，曾经无比在意的人，曾经无比关注的信息，会在你的信息流里被淹没和忽略掉。

到了那个时候，删掉也好，留下也罢，对你而言，早就没了意义。

遗忘是每个人的天性。偶然你会记起。

但是早已云淡风轻。

170

23.

与你淡似水，便千杯不醉

记得上次回家，见以前的伙伴志泽。深夜里我们两个坐在他的咖啡店里。二楼。

那时候店里的客人都已经走光了。他给我唱了几首歌。我们两个人喝掉许多瓶啤酒。

我有点醉。可还是不愿意就那样停下来。

志泽刚刚失恋。

那也是我回去陪他喝酒的原因。

我大概已经有半年不曾喝酒了，更不要提喝醉。

我躺在藤椅上。

夏天尚未过去，外面的天气有点闷热。志泽咖啡店里的空调开得很足，他对我说起以前的事。

志泽和他的恋人是在烟台认识的。那时候志泽还是一个流浪歌手，背着一把吉他浪迹天涯。

后来他打电话告诉我他喜欢上一个姑娘的时候，声音里透露着久违的喜悦。

志泽说他第一次体味到想要安定的滋味。于是他把她带回了家，然后用那些年流浪唱歌赚来的积蓄，在闹市区一个并不如何繁华的角落里，开了一家咖啡馆。

一年、两年……

志泽跟我数着，最后五指伸开对我说，五年的时间过去了，再美好的过去也都消绝了。

"有明天多好。"他说，"可惜我不能带你瞧一瞧。"

我知道这句话不是对我说的。

五年的时光有多长？

我抬起头来想了想，然后用手指比画着。最后双臂张开，摆出一个很夸张的姿势。

大概是这么长吧。我想。然后盯着双臂张开后中间的空气。

有了这样长的时间，又有什么事，是不能改变的呢？

浓烈变得平淡。

若真有情，愿你爱得尽兴

可又不愿违背激情时口出的诺言，所以欢笑着将就，沉默着退让。

说不清是什么原因。

也许是因为太多磨人细节的积累。

又或者忽然某个人做了件不讨喜的事。

"不喜欢了。"志泽说，"可还是在拉扯。越来越远，却谁都舍不得松开手。不是因为真的不舍，只是知道谁先松开手，对方一定会疼。我们都不愿让对方疼。"

然后志泽告诉我，相爱之后归于平淡，最后将要分别的日子里，也不是没有过好日子。两个人忽然都想，要不就这么算了，一起将就着过日子也挺好的。于是试着安静，于是又开始争吵。

"回头想想，在我们自以为最相爱的那段时间里，竟然没有一刻停止过伤害对方。"

激情是什么呢？

我想。

激情大概就是当他告诉你他有多喜欢你的时候，其实并非有那样喜欢你。只是既然话已出口，总应该说清楚才是。因为你信得太轻率，连他自己都觉得那可能是真的。

而爱情又是什么呢？

也许，把激情缓一缓，就成了我们口中的爱情。

若能与你淡似水，便千杯不醉。

可惜一杯曾醉，醉后自悔。过去都变成了灰。

UNIT2
写字有治愈头痛的力量

24.

愿这个世界上的所有等待，都恰逢花开

"爱一个人很久是什么感觉？"

"说不出来，就是好像不再是爱，而是变成了类似永恒的东西。一旦消失，整个世界就会崩塌。"

"怎么会有永恒的事物呢？"

"永恒不是一种事物啊，也许只是漫长时间里一点小小的跨度。可不知道为什么，你就会觉得那是永恒的，只存在你心里的，你希望它能永远存在下去，即使是稍纵即逝，也会觉得那是永恒的。"

若真有情，愿你爱得尽兴

以前大概年纪小，不懂这个世界上什么事物最珍贵。随手得到，随手丢失，心里想着，反正想要的东西总会有的，珍惜不珍惜也没什么所谓。

　　后来慢慢长大，忽然发现自己的内心里，多了一种被称为回忆的东西。一些细碎的东西就那样出现在你的脑海里，无比清晰，挥之不去。

　　你开始拼命想要追回些什么。可到头来却发现，过去了就是过去了。

　　有没有曾经牵手，后来却不再联络的经历？撕扯留下的裂痕，像一道伤疤，在你的心里挥之不去。

　　有没有试着长久等待过一个人？在等待的日子里，却又慢慢忘记了等待的滋味。

　　别再长久沉溺在那样的回忆里。遗憾总是让人回味，然而再去追回，一切反而不美。

　　等待的日子虽然美好，可人生总是有尽头。不如好好珍惜当下的日子，和身边的人在一起。

　　别等太久，时间不够。

　　你知道，只有当下那一刻才是永恒的，因为我们永远活在当下的时刻里。

UNIT2
写字有治愈头痛的力量

25.

自由是美好的追求，但不应该是懒散的借口

我们每个人都在渴望自由。自由地工作，自由地恋爱，自由地吃吃喝喝走走停停，自由地想睡就睡想起就起。

就好像自由是这个世界上最美妙的东西，

总是能带给你想要的一切。

除了快乐。

我的意思是说，我们甘愿任由自由的饮食把自己吃成了胖子，我们任由自由的挥霍掏光自己的积蓄，我们自由地爱上某一个人，歌颂爱情之

若真有情，愿你爱得尽兴

余，却把曾经和你做过同样事情的恋人忘得一干二净，像玩够了一个过时的玩具，随手丢弃。

然后忍受着自责，愧疚，绝望，后悔。

整个人悬在半空无处着落。

像站在某一根细细的弦上，只要稍微不小心，等来的就是粉身碎骨。

一直在想，到底什么是自由。

找不到最好的答案。

只是开始发觉，那些曾经热爱的，并不能带给你真正想要的。

我相信生活不是一个一个的方块。

可当你开始干净生活的时候，至少第二天醒来，不会感到绝望。

自由是美好的追求，

但不应该是懒散的借口。

26.

做自己该做的事，永远谈不上辜负

我的朋友问我，到底应该做自己想做的事，还是屈服于现实，去找些能好好养活自己的事来做。

她说自己最近有些迷茫，因为特别想做份自己热爱的事业，可又总是担心，万一没办法养活自己怎么办。

因为喜欢被人注视的感觉，所以特别想要当歌手。当美妙歌声从自己嘴巴里唱出来的时候，有一种难以名状的成就感。

嗯，成就感。

其实我们一直都特别在意成就感这件事。

毕竟在很多时候，正是成就感驱使着我们去做成一件事。无论是工作、生活、爱情或者友情，都是如此。

只是很可惜，我们大部分人并没有从事自己喜欢的工作——或者只是暂时没有。我们想做自己喜欢做的事，可那件事很可能没办法给你带来一份稳定的收入。至少在很长一段时间里都是如此。

那我们该怎么做呢？

好吧。我不想灌输你该追求梦想这种想法。因为我觉得说这些话很好听，但似乎有点不是那么现实。

我承认追求梦想是对的，但我们都该拥有将自己照顾好的能力，也就是自食其力的能力。这一点似乎也不能算错。

有多少坚定追逐梦想的人，在过着艰苦的日子。他们甚至连养活自己的能力都没有，有的只是梦想。

当然，他们的坚定值得每个人尊重。可是我想，在追逐梦想的时候，我们都应该活得有尊严一些。

至少你应该选择自己养活自己，而不是将自己的梦想依附于某个人的"施舍"上。

对方也许是出于内心真挚的情感，而将你照顾得好好的。比如父母，他们的爱最无私。也许是因为爱情的牵绊，比如你的恋人。也许是其他真挚的友谊。

这些都很好，可你不应该过分地依恋他们。难道不正是因为他们能够为你做出这样的牺牲，你才应该努力一些，让他们不必如此操劳吗？

也许你会说，如果你去做一些能养活自己的事情的话，那么你就没

179

有精力去做你想要做的事情了。

好吧，这可能是一个原因。我们不能空口说大话，因为每个人的精力都是有限的。

可是，我们也必须承认这样一个事实，当一个人不再对自己设限的时候，他才有可能完成自己想要做的事。

就像你正在追求的梦想，你也从来没有质疑过你完成它的可能性吧？

事实上，你无比自信地相信你的梦想总有一天会实现的。

那为什么要给自己的其他能力设限呢？为什么不试着相信自己，能够一边养活自己，一边还能分配出精力去实现自己的梦想呢？

扪心自问，当你将追逐梦想当作理由的时候，你是否真的将全部精力都放在上面了呢？还是说，你大部分时间都荒废了，甚至不知不觉，你将"梦想"这两个字，当作不去面对现实的借口。

除了自己爱做的事，也别忘了那些自己该做的事。

做自己该做的事，永远也谈不上辜负。

毕竟生存是基础，这些事情完成后，你才能去谈如何更好地生活。

否则一切也只是空中楼阁。

若真有情，愿你爱得尽兴

27.

我们为什么会爱一个人

还在上海的时候，我和朋友在黄浦江边的酒店里聊天。他向我问起一个"我们为什么会爱一个人"的话题。

我想了想，然后说，大概是每个人的内心里，都有那么一个共有的，想要结合的强烈愿望吧。

不，不只是每个人的心里，"想要彼此结合"的愿望，可能是所有事物的本质规律。我们大概总是想要结合的，无论是否拥有生命。我说。

我听说过这样一个有趣现象——冷焊，指的是，在空间高真空条件下，固体表面会失去所依附的气体，固体表面相互接触时便发生不同程度的黏合现象，称为黏着。如果除去氧化膜，使表面达到原子清洁程度，在一定的压力负荷下可进一步整体黏着，即引起冷焊。

可以简单地理解为：在宇宙真空环境中，两块裸露的同类金属在接触后会相互黏合，好像被焊接在一起一样。

但人类不是物体。

我们拥有智慧。智慧是复杂的元素。

也许就是这种复杂，让我们不能够像宇宙中冷焊的物体一样，有着相互吸引后的黏合，即"想要""得到"这样明显直接的因果关系。

事实上，我们内心里的每一个想要到得到的过程，都无比曲折。

我们想要知识，就必须要进行深刻的阅读和实践。我们想要舒适，就必须付出相当程度的辛苦和忍耐。

只是，当我们想要爱的时候，似乎并不太需要非常曲折的过程。

只需要相遇就好了。

目光对视的那一刻，两个人就有了两心契合的强烈愿望，至于最终的相拥，就成了一件水到渠成的事。

我们总说，得到容易，失去也更加容易。需要付出极大心智学习的知识，几乎永远都不会离你而去。舒适的生活只要努力获得，除非遇见什么意外，或者本身丧失了努力的意志，否则也会陪伴我们相当长的一段时间。

除了爱情。

爱情很脆弱，一对彼此爱慕的恋人，很容易就会反目成仇。

并非随意臆测，在各种各样的报道里，我们总能看到这些案例。即使是陪伴多年的夫妻，也会因为我们忽然爱上其他的人而分崩离析。什么

若真有情，愿你爱得尽兴

一日夫妻百日恩，都成了背叛后的笑话。很难想象这样一件事，每天睡在你身边的人，每天对你微笑，给你拥抱，和你一起组建和睦家庭，不知道从什么时候开始，默默动起了和别人在一起的心思，转移你们共有的财产。而你是最后一个知道这件事的人。你觉得自己可怜，觉得对方可恨。你也觉得自己一样很可恨，觉得对方也一样很可怜。

为什么会发生这样的事？

我的朋友说，人类在进化，情感在消失。社会变得越来越有效率，而感情作为曾经联系彼此的纽带，已经渐渐完成了它的历史使命。因为它如此低效，如此不可靠。

它的不可靠性来源于它是如此轻易就被获得了。

像刚才说的，一个眼神就够了。

我对这样的理论无法判断对错。或许原本就没有什么对错之分。

只是，有些困惑仍然在内心里盘桓着。如果没有了"爱"，没有了感情，我们又是如何满足与另外一个人结合的愿望的？也许很久以后，我们就不会再有这样的愿望了。也许是另外一种形式存在的文明，是现在的我们无法探知的。

现在我们只能假设，想要"结合"的愿望，是所有物质的基本规律，是万有引力的一种表现形式。

也许我们应该换个角度考虑，如果"得到得越容易，失去得也就越容易"这个理论是正确的，那么它的反面也一定是正确的：一样事物，得到得越困难，也就越长久。

我们从这个理论的相对原点出发，去推论，原本认为感情十分容易获得，但因其自身存在无比脆弱的属性，现在我们更倾向于认为：感情获

183

得是一件艰难的事。这意味着我们将要付出非常非常巨大的努力，才能在诱惑面前保持理智，并最终得到我们想要的东西——来自未来的丰厚回报。

欲望不能等同于感情。想要彼此结合的愿望是欲望，非常原始。如果我们将感情理解为需要学习和实践才能掌握好的技能，与所有需要学习的技能一样，都拥有一个循序渐进，经历"瓶颈"，最终突破的过程的话，也许是一个新方向。

而那些在感情路上分崩离析的人，只是在这堂课程里逃课了，我们终有一天能够殊途同归。

若真有情，愿你爱得尽兴

28.

有多久没见过最好的朋友

　　幺妖是我认识了十年的朋友。我们两个从来没有见过面。那时候，我十几岁的年纪，喜欢写作。

　　幺妖和我就是在那个时候认识的。

　　我们有很多相似的地方。喜欢看电影，喜欢读书，也喜欢写信。

　　彼此之间当然也有很多不一样。比如她爱打麻将，而我只爱斗地主。

　　十多岁的年纪，这个世界对你而言，总是有着无尽的可能性。

　　我们相互写信，在每一个开心或者难过的日子里。

不喜欢即时消息那样的你来我往。只想把一些最难忘的事件，写成信件，在彼此的邮箱里保存下来。

而那些过往，有了这样的叙述，似乎一下子也就变得格外漫长。

后来我常常翻看。

看到2012年，在一封写给幺妖的长长的信里，我说：

这些年，不但我陪着你，你也在不遗余力地陪我了。我们都该感到欣慰，而不必感谢。

今天说得太多太多了，翻回去看，倒像是总结性发言。

可那千言万语，也抵不过一句"盼能与你早日相见"。

有时会放心不下你，但也明白，你会如一切必然发生的事情那样平安快乐。你知那心灵上的平静，即是生命给予我们的馈赠。

那是我写给幺妖的最后一封信。后来我们就渐渐不再联络。因为忙碌的工作，也因为生活的变迁。只是心里常常记挂，有那样的一些信安稳地躺在那里，能让你心里有一些确定的东西。

总是听人说起，这个世界上最好的友情，足以抵得上爱情在你生命中的分量。

我曾经不以为然。后来慢慢发觉，也许事实确实如此。

能有这样的感情在，总是一件幸运的事。

十年后，我们终于在北京见面。

幺妖来北京出差，我和咸菜从四惠一路赶到石景山。她说她快要结婚了，结婚的对象是一起打麻将时认识的男生。现在也有了想要养育小孩的想法。

我们在石景山吃了不算好吃的自助，席间咸菜一直吐槽菜不好吃。

186

我也破例和幺妖喝掉两瓶啤酒。

你知道，不是许多感情，都能够坚持十年之久的。

好的友情，我是说，那种真正能够深入彼此心灵之中的友情，可以帮助你理顺生活中许多意义不明的地方。

吃过饭，我们走在石景山的街上。

周围的灯光暗淡。没有多少行人。

聊了很多，彼此的工作和生活。

回去的时候，我和咸菜坐在车上，咸菜揶揄我说，感觉我这样一个人，配不上拥有这么好的朋友呢。

我打了个哈哈。然后透过车窗看外头的天。

想起十年前，自己还是个少年的时候。天真，爱玩。想去整个世界看一看。

后来却不再是那个样子了。

这个世界上的许多事，其实都是过眼云烟。但真挚的友情，应该可以不算在列。

有多久没看过曾经的那些信件。

诉说着最真切的过往，

和最美好的祝愿。

有多久没有和最好的朋友见面。

随意聊天。

还有不知忧愁的笑脸。

有天我们都会老去，但总能在回忆里留下些什么，

是最真挚的纪念。

UNIT2
写字有治愈头痛的力量

29.

你呀你，这么多年还是老样子

　　这么多年过去了，你有没有什么新变化呢？翻看以前的照片，现在的你，一定比三年前更加成熟了吧，也更会打扮自己了，一改往日的青涩模样。若是很久没见过的朋友，一定会和你说，哎呀，真是美得不像样子，好像忽然就变得不认识了呢。

　　你当然能分得清什么是恭维，什么又是真心诚意的赞美。

　　你为那赞美而谦虚，可内心里其实也为自己感到骄傲吧。毕竟不是没有经历过昏暗的日子。每当遇到挫折，或者感到难过的时候，你都会想

若真有情，愿你爱得尽兴

起零下四度空气里的路灯，在即将落幕的天空里发出倔强而又暗淡的光。哪怕只是照亮一方小小天地。

它对你说，天黑的时候，即使只能将天空照亮一点点，也要努力发光才行呀。

于是，这句话就被同样倔强的你，深深记在了心里。

不知道从什么时候开始，你变得不再害怕孤独，也不再对任何人有过分的期许。倒是越来越念旧，尤其是那几个许多年都没变过的老友。你们已经不像过去那样，奢侈到整天都可以腻在一起了，但是在忙碌工作的间隙，总会出来聚一聚。

你从不在外人面前喝酒的，可还是愿意和几个死党喝得烂醉如泥。嘴里说着满不在乎的潇洒，心里想着若时光能够永远定格在当下该有多好。

你说我们都已经长大，不再相信什么天长地久的童话，占据心头的人总有变化，可还是不知道怎样对喜欢的人，说出一句好听而又不让空气尴尬的情话。

这又能怎么样呢？你还是活成了自己，而不是别的什么人。

那天在微博里写过的一句话，今天在这里送给你吧：

你呀你，这么多年还是老样子，不喜欢和人打交道，身边永远都是那几个死党。没有勇气对喜欢的人表白，感觉只是默默注视着，就已经很满足了。总算如愿以偿有了一份可以养活自己的工作，却不断被各种老鸟的要求压得抬不起头。这一路走来跌跌撞撞，你说你还是不知道未来在哪里，但相信总有一天能够抵达。

30.

还记不记得第一次接吻的感觉是怎样的

已经很久没有人和我说起"吻"这个字了。

匆忙的生活，太多的渲染，就好像"吻"已经变得不是那样重要一样。

回忆里的吻是甜蜜的。

没有怎样的预谋，只是两个人站在湖边。

有风吹过来，不知怎的，忽然四目相交。

在那两心契合的一刻，两个人的心跳合而为一。

若真有情，愿你爱得尽兴

自然而然就吻在了一起。

甜蜜，隽永。

好像是吃到了这个世界上最甜的东西。

只是后来一切就都变了模样。

再遇见喜欢的人，像有什么东西在后面赶着似的。

你必须要赶快确认。

他到底是喜欢你，还是只想睡你？

又或者不只想要睡你，还特别喜欢你。

最后一种当然是好的，可惜你总是不明白一切发生的顺序。

你有点困惑，但听之任之好像也没有什么。

也罢，得过且过顺其自然，可能是长大后我们面对这个未知世界里的未知感情的一种最好的方式。

于是，吻的意义就变得模糊了。

不再像少年时的那样意义重大。

似乎变成了一种礼节似的东西。

没有了那么多的心跳和期待，只是若不亲吻，就好像少了些什么。

拥抱，亲吻，睡觉。

大概是这样的模式。

一切都在预料之中，哪怕对方是再优秀的人似乎也不行。

是因为长大了吧。你想。

青春里的激情都被消耗光了呢。

UNIT2
写字有治愈头痛的力量

忽然想起那时候写在笔记本上的句子：

和喜欢的人第一次接吻的感觉是怎样的？

说不太清……你知道正吉熊吗？就是很可爱很柔软的正吉熊，像是被它抱起来转了那么一圈，脑袋晕晕的，心里却甜甜的。就是那样的感觉。

回忆过去的时候，忍不住，就会微笑起来。

然后你开始明白，噢，最好的吻，是纯粹的，让人开心的东西。

而不是波澜不惊可有可无那样的存在。

也许"长大"这样的借口，并不能用来搪塞所有美好的事物吧。

若真有情，愿你爱得尽兴

31.

懒惰的人永远都是无辜的

我们总是将成长过程中发生的错误归结为所有我们能想到的外部原因，像一根稻草，牢牢抓住，然后对别人说看啊，看啊，我不想这个样子的，就是因为这根稻草，是它压垮了我。这根稻草可以是家庭的不幸，自我的残缺，以及任何环境压力。反正不能怪自己。我们永远都是无辜的。

是的，我们太喜欢责怪他人了，我们想让别人代替我们自己来领受某种责难。我们自己怎么会有错误呢？

在一定程度上来说，我们总是正确的。即使我们犯了错误，也是别人故意加诸我们身上的。如果不是你开始的时候不配合，最后的结果也不至于如此糟糕。如果你能早一点和我说，我就会准备得更好。一切都怪你，我是无辜的。

我们有无数种理由来找出对方的不是。事实上，当我们在和他人交谈的时候，这种寻找理由来抨击他人，甚至被当成一种谈资般的存在。有了这个话题，一次约会可以尽情消磨数个小时——当然，在大多数时候，这种消磨都没有实际意义。我们除了得到一份喜欢抨击他人的友谊之外，其实没有得到什么。如果那称得上是友谊的话。

人们普遍认为，内心的情绪有很多种。但当我们仔细总结的时候，我们总会发觉，情绪其实只有两种。

是的，虽然能够引起我们情绪共鸣的东西有很多，不同的故事或者画面等，但真正的情绪只有两种：恐惧或者快乐。

仔细想想这是不是真的？

当我们愤怒的时候，我们为何感到愤怒？你会发现，任何形式的愤怒，都是由恐惧造成的。你恐惧失去，恐惧被人伤害，于是你选择了愤怒。

当我们难过的时候，我们一样是在恐惧。我们恐惧生活的变化，恐惧加诸我们身上的不幸。当我们责怪他人的时候，也是一样。

那快乐呢？快乐的时候你只需要快乐就好了。你的脑袋里不会想其他的事。

好吧，我们其实都知道这样的道理。否则"鸡汤"也不会如此盛行了。

人们总是吐槽"鸡汤"，认为"鸡汤"是骗人的。事实上，我们虽然不喜欢批判，但朋友圈盛行的心灵鸡汤，的确不怎么有效。因为他们阐

若真有情，愿你爱得尽兴

述的文字似乎过于简单了些。它会告诉你宽容是好的，可永远只在一个表层意义上去说。我们当然认为宽容是好的，但我们还要知道如何使用它，为何使用它。

如果你想让我学会宽容，别告诉我那能让我变得更崇高，我不在乎，我只想让我的生活变好一点。我们不喜欢像崇高这样没有确切指向的定义，你可以告诉我，宽容是为了能让我自己高兴。因为相互作用规律，当我让别人不高兴的时候，别人肯定会让我不高兴。我的本性是自私的，于是，为了能让自己高兴点，我选择了宽容。这样就好了。这个证明题就有了一个指向明确的答案。

就像一部手机，你告诉我宽容的时候，其实只是给我点开了手机屏幕。屏幕上有好看的锁屏图案。第一次还好，我被它吸引了。可时间长了，我们就不喜欢了。大部分的"鸡汤"就是这样的。因为作者可能也不知道解锁之后是什么样子的。

我们需要知道解锁之后，一个又一个的应用程序，我该怎么使用，为什么使用。使用这个程序我能够得到什么样的功能。这样我们才会使用这个手机，否则永远都只会是一个装饰品。

当然，解锁到这个地步就可以了。可能就不太需要再深入的解释了。问题有一个相对终点，就像大多数人也不太需要知道应用程序的原始代码是什么。

这是一个非此即彼，非黑即白的世界。世界的规则是简单的，是我们自己将其变得格外复杂。我们喜欢将我们的动机加上许许多多的解释，以让其变得或者神圣，或者浪漫，或者充满了壮烈的味道。

无意诋毁，只是我想，如果我们内心有一种愿望，想要尽可能让生活变得简单舒适，那我们可以试着寻求其他的解释，更简单的解释。以让生活变得像数学题那样明确无误和直接有效。

　　回到开头吧，那一根稻草其实并不存在。没有什么事可以压垮你，这一点千真万确，否则你也就不会看到这段文字了。你还活着，拥有自强不息的意志，即使你并没有注意到这种意志，依然无法掩盖它真切存在的事实。

　　一样事物能够压垮你，只有一个原因，是你自己选择了放弃。生活暂时的不顺利，归根结底还是我们自己不努力——和朋友抱怨时嘴上说说的努力，和实打实做出改变是不一样的。

　　懒惰永远都有无辜的理由。不过我想，我们都希望能把生活过得顺利一点。那就去承担更多吧，你自然会得到应有的回报。

　　忙碌起来，用一个又一个切实的行动充实自己的生活，而不是大量的垃圾食品、酒精和抱怨。

　　我喜欢一句话："忙得没有时间忧虑。"

　　希望你也能喜欢。

若真有情，愿你爱得尽兴

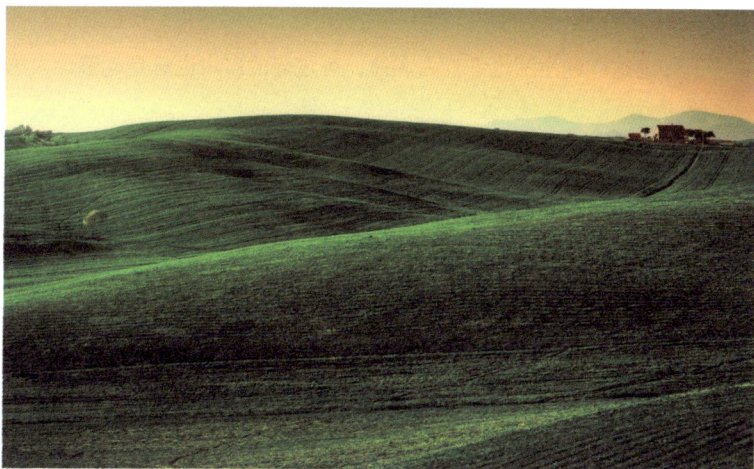

32.

梦想里的幸福生活是怎样的

梦想里的幸福生活是怎样的？

去各种各样不同的地方旅行？

吃遍这个世界上的所有美食？

还是住宽敞的房子，穿漂亮衣服？

这些都很好，可是单凭它们似乎很难让人真正感到幸福。尤其是在做所有这些事都是一个人的时候。

一个人去陌生城市旅行，一个人吃遍这个世界上的所有美食，一个人住宽敞房子，睡偌大的床，穿漂亮的衣服也只给镜子里的自己看。

我知道这样的生活也许让人向往，可过分的自由也总是能够让人感到绝望。

还是需要陪伴吧。

无关那些陌生风景，只要身边是熟悉的人。

清晨睁开眼，有喜欢的人送来早餐。

傍晚日落后，可以牵手散步在公园。

有时雪落，有时花开。

并肩行走，清晨日暮。

累了就听见耳边一个声音说"晚安"。

是在关灯之后。

你听到那样的声音就在你身边。

不是在其他任何地方，不用隔着远远的网络，也不用守在挂断之后就变得静寂的电话另一端。

你说你不喜欢那样的空气，因为听不到身边安静的呼吸。

会有争执。

总会有许许多多争执。

毕竟生活里的细枝末节，永远也不能让人全盘满意。

可就是因着那些争执，才让生活变得不是那么枯燥乏味吧。

为今天谁去洗碗拌嘴，为对方太晚不睡暗自生气。可还是愿意一起去看场有趣的电影，逛人来人往的街。

和一个人做这些事时不一样的是，你喜爱的所有食物都被人记在了心里。

若真有情，愿你爱得尽兴

下雨天冒着白烟沸腾的火锅，拉面店里一碗满满当当的拉面，还有日料店可以蘸芥末酱油的三文鱼和寿司。

就连你无意间提起的关于未来的事，也被当成一定要兑现的承诺，变成对方生命里必须完成的一部分。

感情在这样的岁月里像小火慢炖，缓缓升温。

一切都变得有迹可循。

可能会变胖。

噢，早就说过生活永远也不能让人全盘满意。

无忧无虑的两个人，总是稍不留神就没办法控制体重了。

到底还是喜欢自己美丽一点，只为能在爱人眼睛里永远保鲜。

于是你开始减肥。

还是两个人一起。

一起跑步，跳操，去健身房。严格摄取食物，不厌其烦地计算着卡路里。就这么一起努力着。

能瘦下来固然很好，进度缓慢也大可不必担忧。反正只要相信一定会成功就对了。

而身边能有人这样陪伴着，已经是这个世界上最美好的事了。

在彼此陪伴着度过的每一个开心或者难过的日子里，你开始明白，等待里永远没有最好的彼此，只有两个人一起努力，才能把生活过成想要的样子。为两人的美好未来努力积攒，为温暖房间添置喜欢的家具，一点点把它装点成当初喜爱的模样。

然后在相处的点点滴滴里，慢慢体会幸福的味道。

199

33.

愿能和你，独立又亲密

　　我曾经有过很多朋友，可能你也一样。我曾经和我的很多朋友如胶似漆，可能你也一样。我曾经和我的朋友推杯换盏，说过一生不分离，可能你也一样。后来说不出为什么，我和我的朋友慢慢疏远。可能，你也一样。

　　看过这样一个有趣的帖子，说的是摇滚青年们的友谊。在前一天，

若真有情，愿你爱得尽兴

他们可能并不认识对方，可弹了几支曲子后，就觉得彼此是知音。然后他们会一起喝酒，说着豪言壮语，点评这个世界上一切看不顺眼的事物，歌颂这个世界上所有牛×的东西。他们会维系不足二十四小时的友谊。之后就会忘掉对方，换下一个场景，说相同的话，睡不同的姑娘。

后来，人们将这样的感受，形容为"相忘于江湖"。

相忘于江湖，多好的解释。我不是故意忘了你，只是比起大家面对面没话可聊的尴尬，还是彼此忘记吧。人生最美是初见，每个人都有足够的能力将自己的完美形象在一个陌生人面前维持二十四小时。

过了这个时间就不行了。会感到疲惫，想给情绪找一个好的出发口，或者打点自己心里的小算盘，总之一切和当初的豪言壮语毫不相干。

一直在寻找对自己来说，最好的友情。彼此间有着一种惺惺相惜的联系，不只是将这份感情维持二十四小时，而是尽可能长长久久地维系下去。我不知道维系这种情感的方式是什么，脑海里也没有一个确切的画面。因为尚未遇到抱有同样想法的人。也许遇到了，就会明白了。我们大致有着相同的生活方式，对世界的理解有着大致相同的逻辑。

喜欢看同样的书，喜欢做同样的事。不见面的时候就好像生活在平行时空里，见了面又好像彼此从未生疏过——大概就是这样一种关系。也许有人会觉得无聊。人们还是喜欢和自己不一样的人接触，觉得领略不同的生活方式，是一件刺激又饱满的事。

我做不到。因为打从心底里认同这样一个观点：每个人在本质上都是相同的。我们喜欢爱、尊重以及和平。我们不喜欢罪恶、自责和愤怒。只是大多数的时候，我们都被自责所困扰着，然后对内在自我的不满，又

201

产生了外在的投射面，也就是愤怒。愤怒会带来一些罪恶的事，接着我们又会自责。这构成了一个自给自足的循环，我们不停在这个循环里灌注能量，让它生生不息。它让我们看不到我们内心的本质。

哦，内心的本质，除了爱、尊重以及和平，还有许许多多我们称之为优秀的品质。不，那不是优秀，仅仅是用优秀来解释太不负责任了。我们原本就是那个样子的。完美无缺。只是我们一直透过门上的窥视孔看外面的世界，却忘了我们原本就身处在一个温暖的大房子里。我们原本就在那里与身边的一切和平共处。

"你生来就该是这样的，给予爱，感受爱。和所有人，和所有事物和平共处。可惜肉体的短暂存在让我们忽视了精神世界里最亘古不变的东西。当你改变了视线的朝向，你会看到光。"

一直都觉得自己有奇怪的人格，就是我常常说的讨好型人格。如果几个人在一起，没话可聊的时候，我就会感到格外自责，我会想这一定是我的错。很小的时候我会选择搞怪的方式，活跃当下的气氛。现在不那个样子了，而是会对每一次会面提前做好准备，思考出彼此适合谈论的话题，往哪个方向去。怎样才能让一次约会足够轻松、有趣？尽可能少地评判，尽可能多地表达自己内心一些还算真实的感受——大概算得上真实吧，毕竟最刨根问底的东西，谁也没法真正说出口。这也就是为什么我把它们都写成了文字。在反复阅读这些文字的过程中，我总会找到自己内心里真正想要的东西。

从来没有停止过寻找内心真正想要的友情的想法。记得咸菜说过这

若真有情，愿你爱得尽兴

样一句话：

"当然希望有个人，彼此独立又亲密。各自处理自己的事情，只在遇到困惑的时候分享一下观点，让双方视线扩大，在更了解自己的时候更了解你。"

这大概是我对友情最真切的诉求了吧。

那些年你们说过无数的誓言，后来却渐渐不再约饭见面。再后来，就连对方的动态也很少看了。你又有了新朋友，他也有了新伙伴。不说再见也不提永远，一切就这么自然而然慢慢变淡。

留下的痕迹当然没法完全抹掉。

其实也没有真的想不起，只是不知道什么时候，忽然就不在意了。

毕竟遗忘是每个人的天性，所以才会格外珍惜身边的每段长情。

UNIT2
写字有治愈头痛的力量

认真的生活

总归是某个瞬间的想法

希望能够离这个世界近一些

这样，对它的热爱

也就能够多上一分吧

认真的生活

一直在想，究竟什么才是"认真的生活"呢？

是夏日夜里，和朋友们在街边消夜大侃特侃，还是周末独自一人时看的那场午夜电影？

是旅行时看到各种各样的不同风景，以及在那里生活的陌生行人，还是熟悉的城市，喧嚣夜里的车水马龙？

无论哪一种，似乎都没错。

生活自然不能归于单调。

可又为什么，身处其中，时而会无落脚之处。

若真有情，愿你爱得尽兴

像被悬在了半空中，不知何时下坠。

大概是变化吧。

一切都太快了。

来不及看清。

好像身边是汹涌的人潮。

不知要往哪里去，也不知终点何在。

只能就这么随波逐流。

想要慢下来。

看清楚那些因为走得太快，来不及分辨清楚的街道。

来不及听清的朋友间的话语。

还有那些来不及好好欣赏的风景。

这些，对我来说，也许就是"认真的生活"了。

这里的文字，大部分是零散写就的。

是类似日记的东西。

也是我认为的，最真实的状态。

和朋友们在一起的日子。

时而涌上心头的困扰。

以及和我的恋人——咸菜恋爱的经过。

那，又是在什么时候开始决定，要认真生活了呢?

说不清。

总归是某个瞬间的想法。

希望能够离这个世界近一些。

这样，对它的热爱，也就能够多上一分吧。

若真有情，愿你爱得尽兴

I.

生活是你说不出口，却又了然于心的那一刻

记得不久前的下午在给少家里听音乐。

下午四点的时候肚子饿了，吃了很多腰果，又点了份三明治。

吃得很快，顺着水一股脑都进到了肚子里面。

音乐声一直不停。

都是我没听过的曲子。

给少听歌的品位很怪，我爱听好妹妹乐队这种能听得懂的，

他爱听我听不懂的。

若真有情，愿你爱得尽兴

土豆也在。

我们三个在给少房间里侃大山。

说到追女孩这件事，我们互相对视了一眼，还是决定让给少先开口。

于是谁也不说话了。

给少家老式的音箱里放着Dirty Beaches的*True Blue*，还有the Jesus and Mary Chain的*Sometimes Always*。

调子很美，可惜我一点都听不懂。

午后阳光洒进窗。我们一边听歌，一边调试着老旧的音响。给少拿着吉他给我们唱了首歌。

刚才的话题还在继续。

男人间的话题，最让人兴奋的大概就是女人了。

我们聊着。

说自己以前追过的女孩子，彼此间发生过什么样的故事。

我不知道他们愿不愿意让我写他们追女孩的事，于是我就只好写自己的。

我大概是那种没有办法主动的人。以前还好，喜欢喝酒，可以和女孩子在喝酒的时候聊聊天。现在不喝酒了，就不知道该从哪里开口才好。

没有为此懊恼，毕竟后来我遇到了咸菜。我们不是那种酒后的激情，只是三言两语聊天。

很平淡的聊天。然后说不出是哪句话，哪个字眼，忽然跑到了你的心里。让你觉得她很美，想要和她一直在一起。不只是想要做爱，而是实实在在的，手握在一起，就能看到许许多多年以后的样子。我的意思是说，即使一眼望到头，即使是那样，你也不会感到无聊和绝望。而是内心里祈祷着，愿这样的生活永远永远持续下去，永远永远不要改变。

当然，我没有把这些话说出口。这是我心里的想法，我在把它们说出口之前全部咽回到肚子里面了。我只说了在这之前的那些，如何追求女孩子，最后如何如何成功了，然后又表现出不屑一顾的样子。

男人嘛，在一起总是这副德行。没什么不好的，说过就忘了，过过嘴瘾。生活怎么可能是那个样子的呢。

生活是你说不出口，却又了然于心的那一刻。

幸福也是。

夕阳西下。

给少买的新沙发到了，我们三个人一起去楼下搬到楼上。顺便把旧的扔掉了，然后把新的组装好。

音乐还在播放。

我们三个并排坐在崭新的沙发上。

给少吸烟，我和土豆不吸。

对面是一台老电视。我们背后的墙上有许许多多年份久远的老海报。

我们不知道在什么时候一起闭上了嘴巴。

生活是你说不出口，却又了然于心的那一刻。

我想。

若真有情，愿你爱得尽兴

2.

我们走遍天南海北，喝光多少酒杯

　　回了北京，忽然有点想念在西安短暂的日子。热闹的回民街，深夜里的大雁塔。可惜匆匆忙忙，没能留下几张好看的照片。很久以前的愿望是可以安安静静在某个地方生活，没想到有天会这样到处乱跑。不过也好，我们走遍天南海北，喝光多少酒杯，在从未料想的日子里醉了又醉，总能遇见一点美。

　　我偶尔会想起自己独自去旅行的日子。

在路上，我能遇见很多我不认识的人。我不是那种很潇洒的性格，让我无所顾忌地做一件事，我是没办法的。

所以，我忽然动身去旅行之前，我的生活里一定发生了什么。而到底发生了什么呢？

许多年过去之后，我在此地追忆，但仍然无从想起。似乎是感到心情沮丧，但回忆里的沮丧早已消失不见。于是"沮丧"就成了一个词，而并非具有特别的意义。

我先是一个人开车去了边境黑河，大概一千公里的路程。我曾经对一个人保证过，说有天会开车带她去那里看一看。只不过那时候，当初承诺的对象早已不知去向，而我也并非为了兑现承诺才要去往那里，只是去了，仅此而已。

那是个格外空旷的地方，人迹罕至。要行驶很长一段路，才能看到散落的居民。因为是冬天，空气格外寒冷。我在如此陌生空旷的地方并未有太多停留，按着原路返回。

好像完成某种夙愿似的。

接着又乘坐火车去丽江，因为听说那是个文艺的地方。独自在巷子里穿梭，也因为是冬天，所以没遇见什么人，更别提艳遇了。

只那一次，算得上人生里少有的无所顾忌和任性。旅行和我本身对这个世界并未有太多好奇的性格，是完全没法契合的。

我还是喜欢在熟悉的地方待着。每天醒来能看到阳光，要是窗户打开后，能有微风吹进来就更好了。回来后的那段时间，我常常一个人坐在窗边饮酒，从清晨到日暮。沉浸在酒精带来的飘然之中，读一些约等于没读的口水小说，恍然一天就那样过去了。

若真有情，愿你爱得尽兴

现在回忆起来，那可能是我人生触底的日子。也就是说，总有一天会反弹的，因为内心里有着那样热切的愿望，希望能够将生活过得井井有条。知道明天要去哪里，而不是每天将脚步踏在一个我也说不清是否会被淹没的地方。

前不久，我陪着咸菜、惠子去西安签售。跑了几个地方，听她们在台上说自己的故事，而我在台下当一个称职的观众。签售完之后，我们会一起去吃好吃的东西。从回民街的镜糕和炒米，到街边小店卖的油泼扯面。只是有个喜欢咸菜的读者，在现场为我推荐洒金桥的灌汤水饺，因为时间缘故，没来得及去吃，有些遗憾。

有天深夜一点钟，我们一起去吃消夜，在大雁塔附近卖肉夹馍和凉皮的店里。吃过之后又去大雁塔中玩耍，空气原本应该格外寒冷，但却并未真正觉得冷。也是件奇怪的事。

然而更让人感到奇怪的是，经历这些的过程中并未感觉格外珍贵，事后才慢慢发觉。

大概很多事都是如此吧，虽然当时有意义，过后不再有，但回忆总会留下点什么。

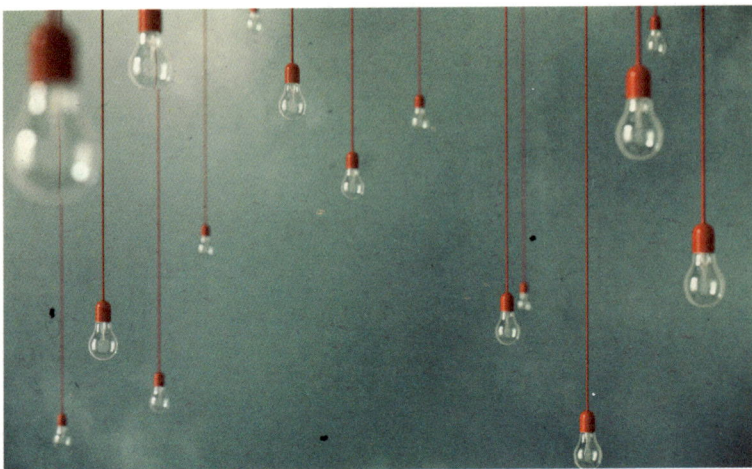

3.

喜欢和你在一起时那样不顾及未来的日子

①

我们的生活可能都不太好。

我坐在桌前这么想着，脑袋里面总会出现一个人影。

你在那里，就在那儿。然后随着时间的推移，消失得无影无踪。

②

最近喜欢听音乐。

若真有情，愿你爱得尽兴

你知道，我平时不爱听音乐的。

大概是恐惧声音的缘故吧。

可说不出原因地，就开始听了。

我是那种很容易就会沉浸的性格，沉浸在自己的世界里，或者别人创造的世界里。

但更多的时候是在自己的世界里。

不是自闭，很爱聊天。只是比起这些，更喜欢在自己的世界里待着。

③

我信赖一切可以长久的东西。

那天和咸菜坐在地板上聊天说起长久这样的话题。

我知道这个世界上的许多事都是没办法长久的，但心里总归有个念想。

于是对自己严格一点，当世界不断变化的时候，就会知道自己还是不变的。

这样就好了。

这样就会感到安全了。

④

生活并不总是一帆风顺。

总会有许多牵扯，

总会有许多瓜葛。

有时候，

UNIT3
认真的生活

我们会被羁绊在过去的日子里，

然后从过去又到了现在。

你会感到无力，

有些事没法改变，

有些事又无须改变。

时常会想起和你在一起时那样不顾及未来的日子。

即使那是我们不得不分开的原因。

若真有情，愿你爱得尽兴

4.

世界尽头与孤独孤独

十多年前，我刚刚随父母从海滨一个小镇来到城市定居，少了熟悉的伙伴，便常常一个人打发时光。玩泥巴、捏土人，收集烟盒改造成小汽车，看古装电视剧，然后把被单裹在身上当作披风，提起灌满了水的铜壶往嘴里倒，故意"醉"得东倒西歪。

在我居住的地方，紧靠一汪小小湖泊。湖泊里有两个岛屿，一个大一些、高一些，一个小一些、矮一些。冬天时背着书包，踏过厚厚的冰面跑到那个大一些的岛上，在树林里找一处石桌，装模作样写作业。

当然，作业在天黑前大多是不能完成的。摊开的书本除非有风吹动，不然也是永远停留在随手摊开的那一页。我更多时候是在这小小的树林里探险。树旁的火堆、吃剩一半的烧鸡，还有顶部冒出一个头的气球——后来我知道那不是气球，是另外的东西——甚至还有带血的纸巾。我一度因此怀疑这个岛上有什么悲惨的事情发生过。

　　冬去春来，晃晃悠悠就到了夏天。这时节，自然不能如冬天那般逍遥自在地踏冰而行，但夏天的岛，从远处看上去枝繁叶茂，比冬天要美上不少。我想要游泳过去，又觉得那样不太好。整天没心思念书，尽想着岛上我没见过的花花草草。

　　后来我绕着湖岸找到一艘生锈的铁船，用长长的竹竿撑着，摇摇晃晃来到湖中央。我很快发现了两件事：第一，湖水到这里已经很深了；第二，这艘船漏水了。然后我一边淘水，一边撑船，历尽艰难终于还是上了岛，绕上一大圈，倒也没什么稀奇。

　　再后来，小岛挖空垫高了大岛，两岸之间连起了小桥，破旧的房屋拆除改造成公园，湖里的水也被抽干换过几遍。

　　时过境迁，我不再在那里常住，偶尔回去探望，从木桥上走过，也从未感到它和过去有什么两样。虽然在我的记忆里，它有过很多模样，但在我眼里，又好像一直是现在这样。

　　在我们关于童年的回忆里，其实有许多情绪无法再真实还原，我们甚至说不清楚从什么时候起，一屁股坐上时钟的箭头，嗖地便到了现在。

　　这是一种从具体到抽象的变化，是无从写也不能写的。

　　就好像你从遥远的地方出发，到达这里，路过这里，去往世界尽头，才发现尽头是一面墙。而墙后面是什么？你顺着墙根继续找下去，到

若真有情，愿你爱得尽兴

头来却绕了一个大圈，墙还是那面墙，没有任何入口。可是，尽头怎么可能会是圆形的呢？无论从哪一个方向出发，都能够抵达，那么又怎么会有世界尽头这种地方呢？

——我的意思是，就是这样的无从写也不能写。

处于这样的变化之中，每一天到达的每一个地方，都可以是短暂的尽头。

哪怕它的出路，即是孤独。

孤独孤独，孤孤独独孤孤独独。

欸，这里有份煮好的面，要不要吃？

5.

在时光缝隙里，走到花开的时候

　　最近进食的速度很慢，慢到原本要吃很多才会觉得饱，现在大概只有之前的三分之二那么多。不知不觉就觉得饱了。没有刻意做什么，只是忽然想到，应该慢下来，好好品尝食物的味道。于是自然而然对那些刺激味觉的食物不再能够很好适应了。

　　比如辣味。你知道，快速吞下辣味食物，和细细咀嚼它们的感觉是全然不同的。

　　当味道在口腔里四溢，每一点辣意都发散开的时候，会感到很辛苦。

若真有情，愿你爱得尽兴

反而觉得清淡食物更好吃。

好处是体重也跟着减轻了。原本需要大量额外运动才能保持的体重就这么云淡风轻降了下来，也是让人感到意外的事。让人可以更专注于运动表现，而不是时刻关注自己不小心就会升高的皮脂。少了之前的压力，人也跟着变轻松了。

想必人的精力总是有限，消化食物也多少会占据其中一部分吧。所以吃撑的时候会觉得整个人很不好，只想躺在哪里睡一觉。

"欲望是个好东西，是吗？"

"大概。有时候是，有时候不是。"

"比如呢？"

"比如对知识的欲望是好的欲望，可对其他异性的欲望——哦，我是指身边有伴侣的时候——就不是好的欲望。两种不一样的欲望，一个会让你的生活更好，一个会毁了你。"

"怎样分辨好的欲望和坏的欲望呢？"

"这个谁能分得清？欲望来临的时候，我们的脑袋里是不会有好坏之分的。因为那个时候你的心里早就已经被欲望本身填满了。所以最好的办法，是在欲望还没来临的时候，知道什么是好的，什么是坏的，然后尽可能远离那些坏的。"

"噢。"咸菜说，然后把嘴里的三文鱼吞到了肚子里。

我们偶尔会讨论一些诸如此类的话题，可惜每次都不能很好地达成共识。

大概是我太过刻板的缘故。我喜欢把生活列出一些条条框框，什么时候该做什么，什么时候不该做什么。把大多数的事都放在可控范围里，这让我感到安全，感到在这个不断变化的世界里，能有些可控的东西。不然就总会感到失控，像大海里失去了航向的帆船。也许随波逐流同样能够遇到一座美丽岛屿，可我更愿意提前计划好最准确的航线。

我所喜爱的一个跑酷教练高科说，运动需要计划，可我们得靠感觉活着。我大致是同意的，毕竟感觉是身体无法割除的一部分。

可感觉总是会出错，尤其是在这个充满了选择的世界里。

我只愿意感觉我想要感觉的。这大概也是一种选择吧。

和朋友聊天的时候，不知道为什么会忽然说起"高级"这个词语。好像是朋友看完一篇品评高级生活的文章，里面写了些关于对奢侈品的理解，和随之而来的感悟，然后问我心里认为的高级是怎样的，是更好的品位，更优渥的生活，还是别的些什么。

那时是傍晚，我的心里没有确切答案。回到家里读书的时候，忽然明白自己所认同的所谓高级生活，大概是类似更高级的快乐的东西。

我不是很明确地知道什么才是高级，只是一直都觉得，一切只能通过外物来获得的快乐，都不能算是快乐。

很难说清楚的一种感受，因为知道这样的感受离自己还很遥远，需要走很长很长的路才能抵达。

但愿心里所认同的快乐，是件像减缓进食速度后继而减掉体重那样水到渠成的事。

我们默默行走，努力行走，偶尔驻足遥望远方。知道那里很美，但一点也不会浪费时间去赞美。

只是那样走着，然后在时光缝隙里，走到花开的时候。

若真有情，愿你爱得尽兴

6.

愿我们以后都不会为现在后悔

　　早晨收到红姐大老远送过来的月饼，很别致的蛋糕月饼。第一次吃，上面是巧克力，里面放了奶油，以及其他我尝不出来的味道。和咸菜一人一块吃掉了。

　　跑步去健身房，待了三个多小时，然后回来工作。

　　空闲的时候我们讨论了些有的没的。她认为生活很性感，爱情应当承担得起生活的大部分重量。有爱就够了。

我说不是，爱情太渺小了，没有了物质基础的爱情像无根浮萍，不用风吹，自己就散了。

咸菜说我一身铜臭味，喜欢和我聊文学，音乐，以及其他艺术气息浓厚的东西。

我说我不会聊这个，我更愿意和你聊怎么样才能学会写出那样的文字，怎样才能弹奏出那样的乐曲，而不会和你谈论这些东西有多么好。这个东西很好，为什么它很好，能给你的生活带来什么样的变化，然后如何做，从哪里开始，怎样坚持，中途会遇到什么样的困境，如何坚持和解决，这些问题才是真正重要的。只谈论这个东西有多么好，大多数的时候是在浪费时间。

咸菜说，你真无趣。

我说，我觉得自己很有趣。

然后我们发生了一些不算是争吵的小小争执。咸菜一直说，她愿意相信爱情和那些动人的故事。我说那些动人的故事编造出来后基本上都是为了上床服务的。但我们总是需要故事，从来如此。因为只活在真实的世界里，太单调了。这里没有你梦寐以求的爱情，更没有令人向往的自由。

咸菜说，我不喜欢你把生活过成一个又一个的方程式，你为什么不和我聊聊月亮。昨晚的月色很美。

我说，昨晚的月色很美是因为外面是个晴天，刚好你心情也不坏。我更愿意和你聊聊怎样才能每天都觉得月色很美，即使那天是个阴天。

咸菜说，可我只想跟你聊月亮，哪怕只是偶尔，你把这些东西都剖开会让我觉得生活一点也不性感。

我说，其实生活性感极了。但如果知道为什么生活这么性感，那么

若真有情，愿你爱得尽兴

生活会更性感。

咸菜不再理我了。

下午我们一起去大悦城吃了火锅，然后看了《港囧》。我看电影的时候一直在走神。因为太尴尬了。

不是客观意义上的不好，只是主观上的尴尬。吵闹，以及我觉得非常不该笑的时候总能听见的电影院里突兀的笑声，这让我觉得刺耳。

那感觉就像，这个东西已经让我很添堵了，可身边还是有人在不停地笑，好像这是个很好玩的事。于是有某种情绪没办法从心底涌出似的，让人憋得难受。

剧情还是往常的模式。得到，失去，得到。每一段爱情故事大概都是这样的逻辑，如果再安排得复杂一点，就是得到，失去，得到，再失去。这就成了悲剧。一味地得到或者失去都不能算剧，甚至连生活也不是。

我曾和咸菜聊过关于电影里出轨的话题。并不是感到悲观，一个人，是不可能对另外一个人永葆激情的。当然，很多时候我们都是由激情开始，最起码也该是心动。但这只是开始，开始之后，我们要面对的事情会有很多，诱惑从来不会在你的生活里消失。漫长的一生里，你不可能不会遇见下一个让你迸发激情或者触动你心弦的家伙。在这个意义上，追求爱情也许是不合适的。你得好好考虑如何将一切变得长远。或者说得简单些就是，你得学着避免出轨。在这一点上我有许多好办法，比如将你的收入全部交给妻子，比如坚持规律的生活远离酒精，比如彼此间有发生争吵苗头的时候调整呼吸，专注于将急促的呼吸调整缓慢、心平气和（做这件事的时候你自然而然会沉默，我听说让家庭和睦的唯一办法就是在该闭嘴的时候闭嘴）。有人对这些东西很不屑，觉得这不是爱情，这是技巧，没有一点人情味。可比起那些不可控的人情味，我更喜欢有迹可循的东西。更何况，这些表现在外的时候，我们也可以把它们理解成宽容和爱情。它可以有无数种解释，爱情是其中一种。

只是，当我们将它单纯理解成爱情的时候，总会为其赋予一些不该让它承受的东西。

你知道，爱情是很脆弱的，需要好好呵护。

③

电影看到一半的时候我开始打瞌睡，发了条微博吐槽。然后因为实在太吵又醒了。正放到快要结束的时候，男女主角开始深情告白。

咸菜看得很专注，又哭又笑的。我握住她的手，定了定神，让自己好好入戏。

电影之后的内容不再剧透了，不过也无非女主表达自己生活里爱情占据了多重的分量，而男主后知后觉终于被感动。大团圆。

回去的路上，我和咸菜一起吃了港料，点了煲仔饭、炸鱼豆腐和一份巨大的冰沙。

咸菜说，其实王子和公主的爱情故事，只能写到团圆为止了。

我不懂，问她为什么。

若真有情，愿你爱得尽兴

她说，因为一年以后，也许王子就会爱上他的女仆，或者公主又爱上了哪个落魄的骑士。

　　我说，每个人都是一样的。我们一点也不特殊。

　　咸菜说，哦。可我还是喜欢聊月亮。

〈4〉

　　一直认为爱情可以作为一切的开始，但不能把它当作生活的全部。

　　现在也是这样认为的。

　　花前月下不如认认真真地生活那样靠谱，但有些时候，它不可或缺。

　　我没法理解，但也愿意理解。可能不只是咸菜，每个女孩对于爱情都会有一个完美幻想。

　　我的意思是说，如果，工作之余、在把彼此生活变得更富足之余，能有些精力，带自己的女朋友去看看月亮，她会很高兴的。

　　你有能力把生活经营得不再苟且，也一定有能力带她去看看诗和远方。

　　仅仅有爱情是不够的，只是如果可能，让她在你的世界里，一直相信爱情是可以战胜一切的，也许这就是你这一生里，对她能做的，最好的事了。

　　我还做得不够。

　　愿我们以后都不会为现在后悔。

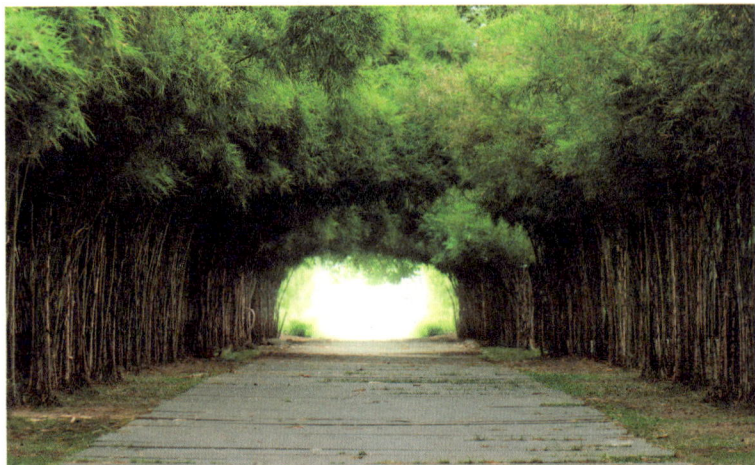

7.

辛苦一路，幸福瞬间

早晨要赶火车，比平时起得早了些。四点三十分闹钟响起，一边吃桃子一边坐在书桌前写日记。外面的天空渐渐蒙蒙亮了。换上运动服，在小区楼下跑步。

入秋了，天气有点凉，好在清爽。

回来匆匆忙忙洗过澡，和咸菜一起赶到北京西站，跟随熙熙攘攘的人群登上火车。

回复几封邮件后肚子有些饿，看看表才知道是吃饭时间，咸菜从纸

若真有情，愿你爱得尽兴

袋里拿出几个蛋挞和剥好的核桃。是那种刚刚从树上打下来的新核桃，牙齿咬碎后，里面的褐衣可以轻轻揭下来。那样吃起来就不苦了。

我以前没吃过新核桃，也不知道核桃的褐衣揭下来后里面是白色的。吃起来有点像不甜的脆苹果，但又不像苹果那样回味起来很单薄。

火车上有孩子在哭闹，陌生的大叔走过去递给她糖果。但还是在哭，哭了一会儿就不再哭了。

我睡去又醒来，醒来又睡去。听乘务员说到了郑州，又过了洛阳，后来是一个不知名的地方。

醒来间隙，看到路过许多山川河流。

咸菜忽然说，你看外面，河水枯了。

我迷迷糊糊地说，河水没哭，河水笑了。

脑袋又昏昏沉沉了一会儿，挣扎着坐起来，喝掉很多水。

咸菜一直贴着车窗看窗外，不知看到了什么，忽然问我："你有没有见过水稻啊？"

我说："有的。"

咸菜说："你肯定没有见过，你连新核桃都没有吃过。我去长沙的时候，看到水稻插在水里。真的在水里长着。"

我说："我见过的。"

咸菜说："在哪里啊？"

我说："在电视里啊。"

咸菜翻了翻白眼，继续剥她的核桃。

火车又过了三门峡。离北京已经很远了。

天上的云彩轮廓分明。

我打开电脑偶尔写字，偶尔和咸菜有一搭没一搭地聊天。她问了我许多问题，有些我回答得出，有些我不太懂。还有些因为脑袋里在想其他的事，没有听清。于是过了潼关，又到渭南。

　　一直在这样频繁远行，看不同的风景。

　　朋友问我，为什么每天像一根绷得紧紧的弦，为什么不试着随波逐流一点。那样就会轻松了。

　　以前我回答不出，现在渐渐明白，其实是觉得自己的生活里有着太多变化吧，所以一直在追求些不变的东西。

　　比如大致在相同的时间里起床，在尚算清静的清晨里做一些固定的事。比如重复长久地读一本喜欢的书籍，写很长的文字。后来生活里多了咸菜，于是也就顺理成章地，希望两个人在一起的日子可以尽可能地长久。

　　不奢望没有坎坷一帆风顺的生活，就像没有人可以做到完美，但我们总能一直走在追求完美的路上。即使不能实现心底里最好的愿望，可是，只要想到自己在做着这样一件事，心里就会很高兴了。

　　辛苦一路，幸福瞬间。

　　大致如此吧。

若真有情，愿你爱得尽兴

8.

路要自己走，人要自己爱

清晨有散步的习惯。

六点钟，闹钟响起。有时会因晚睡而头痛。

穿上衣服，换上鞋子。走在天空还未完全亮起的街上。

天气更冷了。

记得往常的时候，天空是要亮得早一点的。

今天早晨天上下着蒙蒙细雨。

我低头行走，路面上已经有了一点积水。

233

大概雨已经稍微下了些时候吧。

"一场春风一场暖，一场秋雨一场寒。"

惠子总说的句子。

咸菜经常对我说，她想惠子了。

现在惠子在满世界地玩。

我也想她了。

我准备和你们说一些我的故事。

零星一点。

那个故事可能和爱情无关。

也可能不是那样的。我分不太清。

关于那个海边小镇。

记忆里是奔跑和日落。还有红色的海。

至于为什么海是红色的，我有点不懂。

沟壑是大海的支流，远处还有矮矮的山丘。

我在田野间行走，却想不起那时候脑袋里的想法。

只是后来长大了，我离开了。

不再能看到大海，但是我能够看到城市。

城市里都是些陌生的家伙。

于是有想要和他人交流的欲望。

嘿，我说，我想和你说说话。

可我不知道应该从哪里开口。

若真有情，愿你爱得尽兴

于是我把我想说的都记录成了文字。

我希望通过这些只言片语能和你成为朋友。

即使我们并不相识。

我听说，在大部分的时候，城市其实是让人喜欢的。

这里的夜色不眠。

你永远都能看到光亮。

我喜欢有光的地方。

城市里的月光在街灯的映衬下变得晦暗了。

可是我明明记得，那样的月光在田野里，是明亮的。

总之，有光就好了。

你是从什么时候开始，讨厌按部就班的生活的呢？

我想想，可惜我也想不明白。

需要改变的念头不知道从什么时候开始，就在脑袋里深深扎下根了。

于是，你尝试着做点什么。

离开了熟悉的人，熟悉的场景。

去拥抱未知的一片陌生。

有人在你的耳边聒噪些什么。

可你一点也听不进去。

你不比谁都明白，你也不比谁都执拗。

你只有一点好处，

UNIT3
认真的生活

就是你比谁都知道你真正想要的东西是什么。

你在心里看到它了。

那么，你就要在眼睛里遇见它。

如果能触碰就好了。

你想，即使你真正想要的，并不是一个能够触碰得到的东西。

你只能感觉到它。

可惜，不是每一次你都能坚持自己的信念。

我们总是不止一次地被他人影响着。

不是吗？

你开始动摇了。

可这个时候，却有个声音在对你说：

别傻了，

任何人都没有任何办法，

给你任何真正有效的建议。

路要自己走。

人要自己爱。

你说哦，原来如此。

你说要做最显眼的路牌，

才不会走失在人海。

我说哦，

原来如此。

若真有情，愿你爱得尽兴

9.

困难一些的事，总是格外有意义

　　抵达西安后，我肚子有点饿，在一家小店里点了份菠菜面。上面盖着菠菜和卤，里头是绿色的宽宽的面。配着辣椒吃，格外好吃。

　　每次来西安时我总是会想，如果能够一直生活在西安这个城市就好了，因为肯定不会发愁没有好吃的食物。

　　然后我和咸菜租了辆车走上高速。还要再赶一点路。

　　下午四点钟的时候，太阳还高高挂在天上。到了大概四点三十分，就斜在天边了。于是夕阳将目之所及的一切都涂上一层好看的光晕。包括连绵不绝的山脉，和山下的人家。

我和咸菜看了一会儿夕阳，然后她打了个哈欠，把椅子放下睡着了。过了一会儿，我略微有些倦意，把窗户稍微打开些空隙，风吹进来。咸菜因为这些惊动而睡醒。

她揉了揉眼睛说刚才我是不是睡着了呀。我说是的。她说，你看我多么信任你，在刚才那段时间里，我把自己的生命都交付给了你。

太阳落山，我们驶下高速。

我还是能想起一些很久以前的事。在高速公路上行驶的时候，某些想法在原本应当专注的脑海里，像浮萍般不着痕迹地闪现了。心里有种无可名状的情绪。在高高的山坡下，在我内心的巨大幻梦里。

有一个问题，一直萦绕在我的心里。如果当初没有鼓足勇气，现在会是怎样。但时至今日，依然无法设想。只是，对于此刻而言，过去如何早已无关紧要。过去的人和情感，也永远永远被时间的刻度留在了那里。

说不出原因，我们都如此执着于长久。过去成了转瞬即逝的东西，早已不再重要。那里既无可更改，也更加无人等候。有人说这个不好，人是不可以切断过去的，因为这是一件很困难的事。

当然，过于看中未来难免好高骛远，踏踏实实过好现在虽然难得，但总会略显平庸。我们都应该在这两者之间找到一个可贵的平衡。

我知道这并不容易，但不知道为什么，困难一些的事，总是格外有意义。比如运动比躺在沙发上困难些，读书比看娱乐节目困难些，而通过安静生活寻找的快乐，也比依赖酒精困难些。

生活大致如此。

若真有情，愿你爱得尽兴

10.

等雨停

"下雨了。"

"下雨的天气里应该做什么？"

"送喜欢的人回家啊。"

"这……"

"要撑一把很大的雨伞。"天姿说，然后用手比了比，"有这么大。"

"如果对方不需要呢？"

"假装顺路喽，这样被拒绝的时候也不会太难堪吧。"

⟨1.⟩

周末的时候去街上闲逛，刚刚下过一场雨，天已经黑了。

没看到傍晚，中间好像错过了什么，午后阳光忽然变成街边的灯。

最近北京总是下雨，没头没脑的，说不出什么时候就下起来。所以会把伞时常带在身边。

记得很久以前，天姿对我说过，喜欢站在伞下的时候，低着头，头顶听得到雨声，眼下是匆忙走过的脚步。你和那些赶路的人互相看不到对方的样子，有种莫名其妙的安全感。

"下雨的天气里应该做什么？"

"送喜欢的人回家啊。"

"这……"

"要撑一把很大的雨伞。"天姿说，然后用手比了比，"有这么大。"

"如果对方不需要呢？"

"假装顺路喽，这样被拒绝的时候也不会太难堪吧。"

⟨2.⟩

"我喜欢怪人。"

"怪人？"

"嗯。"

那天天姿没有打扮，穿着枣红色的T恤和牛仔裤。哦对了，还背着书包。我们在咖啡店里吃东西，外面下着雨。

天姿忽然停下来，把嘴里的食物咽下去之后，那样一本正经地说。

240

若真有情，愿你爱得尽兴

"是不是有点奇怪？"

"嗯。"

"带伞了吗？"

"忘记了。"

"哦。"

"等雨停？"

"好。"

③.

心里有许多愿景，明知道永远无法实现，可你总也忍不住期盼。无论当下的生活好与坏，依然无法阻止它们在脑海里发生。

就好像，我们不只是活在当下的世界里，还要活在另外一个地方。

那里和这里不一样。

时过境迁。

又是多雨的日子。

下班的时候已经很晚了，外面下着大雨。站在门口等车。

"去接你？"我说。

"你在哪里？"

"路上。"

"可能走不开，还被同事缠着。"

"哦，那我往你那个方向走，反正也顺路。如果你忙完的话我去看你。"

"好，听天安排。"

"还有三个路口。"

"嗯。"

4.

驶过最后一个绿灯的时候，从车窗里看外面的雨。

能听到雨点的声音，就那样细密地落在玻璃上，无比真实。

雨刮器将它们反复刮到一边，有些虚设的场景就这样在一次又一次的反复里消失了。

你忽然明白，无论多么真实的场景，过去了就是过去了，只能在你的脑海里发生。

忽然想起那时候写下的句子。

"希望坏心情也像那场阵雨，等你笑过就会停，等你吻过就会晴。"

若真有情，愿你爱得尽兴

II.

到底什么才是患得患失呢

　　今天北京下了雪。醒来时拉开窗帘，看到屋顶都变成了白色。我在窗前站了一会儿，喉咙有点痛，屋里有点冷。于是打开空调，顺便走到客厅里喝了些水。

　　给给是我的猫。喜欢在屋子里窜来窜去，每次打开卧室门的时候，就会看到它不知道从哪个角落里忽然蹿进来，跳上床，然后就趴着，看着你。

我把它拎到卧室的落地窗前，那儿是我写作的地方。铺了厚厚的地毯。然后我和给给坐在地毯上，一起看着外面的雪。

我盘着腿，给给趴在我的膝盖上。

天早就亮了，太阳当然还没有出来。小区路上偶尔走过打伞的行人。能听到些什么声音传来，隔着厚厚一层玻璃，听不太清楚。但也懒得去听清了。脑袋里面在想着别的问题。

最近一直在脑海里盘桓的，患得患失的问题。

曾经无比惧怕失去，总想把一切都牢牢握在手心里。渴望占有，即使明知道占有之后，也不过是新鲜那么一阵——明知如此，却还是无法停止。总要挖空了心思。那样的劲头，像是不惜一切代价似的。

命悬一线——我曾经这样形容过。

物件其实倒还好，想要占有某个人的时候，这种情绪一旦涌上心头，便更让人难熬了。你什么都愿意为对方去做，你愿意付出自己的所有。你对自己说，那是爱情的缘故。你觉得如果不能和对方在一起，倒不如就死了。

你感到命悬一线。

你患得患失，小心翼翼猜测着对方的想法。

即使是一句简单的，不经过大脑的话，你也要绞尽脑汁去分析，去给它安排应有的逻辑。

你在这样的过程里越陷越深难以自拔。痛苦而又快乐着，绝望而又希冀着。

若真有情，愿你爱得尽兴

直到最后分崩离析——是的，总会分崩离析。一切热烈的东西都会如此。像烟花，像子弹。所有的惊天动地，最后只会粉身碎骨。有人在废墟里痴笑，有人在尘埃里哭号。

　　你不敢深想，怕一念成谶。于是只好看着天空轻轻飘落下的雪，不敢低头看着融化的一切。

　　喜不喜欢花？一定很喜欢吧。花朵绽放的时候会很好看，但如果是自己看，还是买一束没开放的好。把它放在你的书桌上，插进花瓶里，然后慢慢等待它开放。

　　它会开很久，不会第二天就死掉。你可以安心等待它盛开的那一刻。

　　你早已等待了很久不是吗？你在心里无数次地幻想过不是吗？你知道它一定来的，虽然不知道是哪一天，可心里无比确定也无比相信着。激情就在你的心里，你没有告诉任何人。

　　在一次又一次的幻想里，激情渐渐消失了，你变得不是那样期待了。

　　但还是相信着。

　　等到那些花儿真正盛开的时候，你发现你的心里没有任何忐忑和不安。

　　因为，早就做了最好的准备。

12.

不愿意是这个世界上最难的事

　　最近一直在加班，两天两夜没睡觉，但还是在坚持着运动这件事。感觉到一次又一次的反复，感觉到身体一点一滴的疼痛。

　　昨天深夜时肚子太饿，两点钟叫了份外卖，两杯美式冰咖啡，还有一份蔬菜沙拉。在桌前慢慢吃掉了。然后回来工作。

　　一直到天亮。

　　很久不熬通宵了。

　　记得以前念书的时候，总是晚上翻墙出去和朋友刷夜打游戏，第二天照常上课。可是不知道为什么，现在就不行了。

尤其是天快要亮起的时候，整个人都是恍惚的。

像喝醉了一样。你没办法控制自己要说什么，没办法控制自己的食欲。唯一可控的就是还知道奔跑。

太阳初升，外面的空气有点冷。

顺着朝阳路，用很快的速度。

你会感到心跳，感到自己是真真切切存在着。

很累的时候停下，扶着膝盖大口呼吸。

阳光那个时候照在脸上，带着点类似希望的东西。

然后回去继续工作。

下午在沙发上躺了一会儿，醒来不出意外地生病了。

脑袋不清楚，于是把那些纷乱的思绪都写在纸上。

先做什么，后做什么。

像是在设定什么程序，为了不让自己在最没有条理的时候出差错。

我们总是容易出错。

无论是困倦、饥饿、醉酒，以及被性欲冲昏头脑和在烟瘾发作的时候。你没办法更好地控制自己的情绪，没办法让脑袋的思路清晰。

唯一有意义的事是调整呼吸。

关于这件事我曾经和咸菜提起过，她因为要写作，所以会吸烟。我们曾经探讨过吸烟的意义。

当然吸烟毫无意义，唯一的作用就是可以帮助你呼吸。

我的意思是说，如果你吸烟的话，感觉到吸烟会让自己平静，很大一部分原因是呼吸。你会深深吸一口气，然后缓缓吐出来。另外一部分原因是缓解尼古丁上瘾的症状。

　　我曾经吸烟，后来费了很大的力气戒掉了，所以很能明白那样的感受。

　　不要吸烟。饮酒最好也不要。
　　熬夜不可取，你也不能为了减肥而挨饿。
　　要缓解压力可以收拾房间，读书散步。
　　工作忙碌到需要熬夜，可以学习些提高效率的技巧，或者干脆把那些要求拒绝掉。

　　当然道理是这样。可最后却总是不能如愿以偿。
　　因为我们不愿意。
　　不愿意是这个世界上最难的事。
　　文字依然杂乱，脑袋还是不怎么灵光。
　　愿有一天我们都能把得失看淡，远离内心里的兵荒马乱。

若真有情，愿你爱得尽兴

13.

愿你今后的每一个夜晚，都能安稳睡着

看到日历才发现今天又是周五。

不是第一次有了想要清静下来的打算。

总是觉得，忙碌与下一个忙碌之间的那段空闲，其实是最重要的一段时光。

能让你想明白许多事。

就好像脑袋后台有一套属于自己的程序。你要适时按下暂停，开始，暂停，开始。这样它们才会照常运转。不然就一定会感到焦虑，感到不安全，感到想要得到更多东西。

我的导师曾经对我说，一个人越少依赖外在的东西，就越能感到幸福。

随着成长，我也越来越确信这一点并坚持着。

于是用了很多努力把烟戒掉了，因为不希望自己出门的时候，睡觉的时候，无聊的时候，会担心身边没有烟怎么办。

不喜欢这样被挟持的牵挂与担忧。因为你本可以不需要它们。

酒精也很久不再触碰了。

以前我是个酒鬼，和朋友聚会要喝酒，因为不被酒精麻痹的时候，我是个不太爱和别人交流内心感受的人。会感到尴尬。

自己一个人的时候也爱喝酒，因为实在喜欢那种被酒精麻醉的感受。

戒掉的原因是第二天早晨起床的时候会后悔。若是大醉一场，头还会痛。

一直在想，如果我们是在做真正能让人感到幸福的事，是不应该感到后悔和自责的。

如果在那之后出现了这样的情绪，就一定是哪里出了问题。

同样的原则也体现在锻炼方式的选择上。

很少去健身房，因为怕依赖。会想着，如果有一天，你无法去健身房怎么办。如果出差，或者工作过于忙碌，无法抽出时间去锻炼怎么办。如果太依赖教练的指导，有一天当你失去他的时候，又该怎么办。

我相信我们没办法一直长久拥有一样事物。无论是真实存在的东西，抑或是无法实质化的情感。

随着时间推移，我们总在失去。

若真有情，愿你爱得尽兴

可你永远不会失去你的身体。它会一直伴随着你，直到死去。

于是开始学习跑酷，和随之而来的，只利用身体锻炼的方法。

因为想要感到自由。

如果能够在世界上任何一个角落，只要我们愿意，都可以训练自己的身体，大致保持一个巅峰的状态，然后拥有保护身边的人的能力，对我而言，是件特别吸引人的事。

我不是说财富不重要。

甚至我一直都在追逐它们。但也明白，财富其实没有任何实质意义。人们都相信它能带来一切有关幸福的东西——不只是物质上的幸福——于是它就成了真的。

只是，优渥的生活，或者其他物质的需求，却并非去追逐财富的理由。

有另外的原因在。

想要得到他人的认可。

无论如何，我们其实在某种意义上，都希望得到认可。在任何时候任何场所都是如此。那么，既然财富是人们认可另外一个人的普遍方式，将其作为生活的一个目标，也就无可厚非了。

很少去看日历。每次看到，心里只是想着，日子好像越过越快了。

从前不是这样的。

一天很长，可以跑很远的步，读很多页的书，写下几页笔记，学习各种各样不同的东西。

那样的日子一去不返。

会怀念读书的日子，和身边一切相处的点点滴滴。

只是，就像刚才说过的，我们总要失去。

下午在微博里写了几行句子：

看到日历才发现今天又是周五了，日子越过越快了，长大越来越不知不觉了。也许有一天忽然发觉自己老了，忽然发觉生活变得平静了，忽然明白以前念念不忘的东西变得不是那么重要了。缓缓奔跑，轻轻睡着。幸福一直悄无声息，但终于还是被你发现了。

愿美好的日子早点来临。

愿忙碌的生活有所喘息。

愿你每一天的工作和每一个周末都很愉快。

愿你不再被失眠、尼古丁和酒精困扰。

愿你今后的每一个夜晚，都能安稳睡着。

若真有情，愿你爱得尽兴

14.

活下去

那会儿天气还不是这样冷。

大概在两个月以前。

我开车驶在通往一个海边小镇的公路上，两旁栽满了绿意尚浓的杨树。

忽然接到阿辰的电话，便将汽车缓缓停靠在路边。

电话那头格外安静。

平静的叙述中夹杂着一点点久违的喜悦。

他告诉我，他正在离家乡很远很远的地方出家，那儿的空气清新，景色也美，"来年开了春，如果有时间的话，就来这里看我。"

我听得出了神，仰起脸来看着车顶，大概有五秒钟静止未动。

我问他："这次一走，是不是再也不回来了？"

阿辰没有回答，只是自顾自地说着寺庙里的趣事。说他的师父收留了二百多个无家可归的居士，说他有了自己的法号，说每天的早课以及可口的素斋。

那会儿正是傍晚，夕阳西下，一抹娇艳的红色长长印在河面上，随着水波，起伏不定。

时间再向前推移。

还是初夏。

那时我尚未戒烟，喝酒也不加节制。

和阿辰久未见面，在他郊外的二层洋房里喝得烂醉。

如今再行回想，见面的初衷早已忘记了，交谈的细节也有些模糊不清，只依稀记得那天夜里，阿辰倚在身后的沙发上，手里拿着一杯酒，一面小口小口地抿着，一面说起许许多多曾经发生过的事。

初时我还算耐心地听着。

但是听到后来，我慢慢发觉他说的那些故事我不是非听不可。也就是说，即使我不再听他的胡言乱语，像他一般找个地方随便坐下，自斟自饮自得其乐，他也可以继续这样滔滔不绝地说下去。

于是我在阿辰身后的沙发上躺了下去，意识渐渐模糊，醒过来的时候，天色蒙蒙亮着，透过窗，能看见好大一片鱼肚白。

若真有情，愿你爱得尽兴

那之后不久，因为和一个人的约定，我开始尝试戒烟。

并非慢慢减量，而是干脆停止了吸烟这件蠢事。

为了缓解尼古丁的戒断反应——某种无法言说亦无所适从的空虚感——以及不断增加的体重，我每天都会坚持跑步。

从永济路左转至千童大道，到达下一个路口之前再转回。

如此反复。

这样乏味的奔跑究竟意义何在，我自然不得而知。

若说在这样的过程里，便能将人生思考得更加透彻，那倒也未必。

无非就是给本就无聊的生活添上一抹亮色，又或者让不停重复的日子显得有迹可循。

——最初的确如此，我并未发觉自己的人生有何不同。

天气入了冬，本想就此放弃，又想到既然已经坚持了这么久，再坚持一个冬天倒也无妨。

除了偶尔因事晚睡，实在无法早起而不得不在床上偷懒，还算得上勤奋。

前不久的一个清晨，我再次接到阿辰的电话。

他说自己刚刚做完早课，那儿的天已经快要亮了，家里怎样？

我停住脚步，抬头看天。

然后告诉他，路灯刚刚灭掉，就快了。

阿辰笑了起来。

那就好，那就好。他这样连续说着，轻轻咳嗽了两声，再次确认了我过去探望他的时间。

UNIT3
认真的生活

"快点来啊。"他最后叮咛道。

挂断电话后，我的眼泪唰地一下就涌了出来。

阿辰即将在那个陌生的地方走完他的余生，而我则继续我的奔跑。

我开始慢慢明白，许多事情并非必须得知其意义所在不可，长久地以一种积极追寻的状态存在着，也许正是对生命最大的感激。

而在我们的生命里，那一场最漫长的奔跑，叫作活下去。

若真有情，愿你爱得尽兴

15.

阴天只有一点好

偶尔也会感到疲倦。

尤其是阴天里，看不见天上的太阳。早晨在阳台逗猫，看着外面有给花浇水的护理工人，还有推车行走在花园里的老人。

没有等待很久。太阳反正都不会升起来了，倒是下了雨。出门时零散细碎的雨点落在身上，不用撑伞也不会淋湿。就是将手机从口袋里拿出来的时候，会看到上面的雨水。干脆就把它放在口袋里。

这样也好。我想。低头走过小区西门的石桥，到对面早餐店里简单

257

吃了些食物。

手机没有响。我暗暗松了口气。

不知道从什么时候起，安安静静的手机竟然要比安安静静的生活更难得。忙碌点是好事，所有的忧愁都始于太闲。我希望自己忙碌起来，在能把每一件事做好的前提下，尽可能将生活排得满满当当。

当然这样不是长久之道。像一辆汽车，如果总是将油门踩到底，即使不出什么意外，零件也会磨损得太厉害。可我们都迷恋那种加速的爽快感，一旦停下来，就觉得糟糕透了。大概算是一种冒险的心理在作怪吧。既恐惧，又期待。

我没有称赞这种情绪的意思，其实我想表达的是，这样的感觉一点也不好。也许形容起来会让人感到跃跃欲试，可真的一点也不好。

我喜欢重复。一直都觉得，重复才是这个世界上最有意义的事。无论你想要变成什么样子，此刻你能做的最好的事就是重复。因为重复才能真正改变些什么。

每天重复读书这件事，三年后你会变得更有学识。每天重复锻炼这件事，三年后你会有一个美丽的身体。

在以年为单位的时间里，当你重复做一件事的时候，你会自然而然变得很好——或者更糟糕。试想一下吸毒或者酗酒，它们都不会一下子就毁了你，只是在重复这些事情的过程里，我们会慢慢走向一个既定的终点。

生活会按照自己的逻辑向前发展，而不是我们自己的逻辑。

当然它也会给你缓冲之机。

一切都能重新来过，原本就是一件值得感激的事。

我们曾经都做过一些错的事，过着自欺欺人的生活。如今每当想

若真有情，愿你爱得尽兴

起，你可能也会暗自感激，还好都过去了。再也不会回去了。

可如果重新选择一次，恐怕你还是会选择经历一些从前的事。经历一些必要的失去。这样你才能得到现在你不愿再失去的。

工作一整天，晚上约了朋友，我们喝过咖啡后告别，我走在像早晨一样零散细碎的雨点里。手机没电了，书包里还有一个备用手机。打开后发现没有电话卡，两个手机又不能通用，原本还有许多事等着去交接，此刻也不得不放下了。

我站在路边挥手打车，司机师傅问我去哪里，我告诉他我居住的地方。走着走着师傅和我聊天，他说原本想要顺路载客回家的，没想到又越走越远了。我真诚地说了感谢，然后一直看着车窗外的世界。

我不知道自己最终要往哪里去，现在似乎一切都好，也似乎一切都还没有遇到。

没有感到迷惘。大概只是因为阴天吧。

以前曾经说过，阴天只有一点好，一个人躲在犄角旮旯，可以把所有坏心情都归咎于它。

笑。

259

I6.

那谁看到好吃的还能不吃啊

"那谁看到好吃的还能不吃啊。"

咸菜说过的一句话。在分析自己变胖原因的时候，她是这么说的，然后又跟上一句"没有办法避免嘛。"

然后怒吃了一口大望路地铁站门口的煎饼果子。

咸菜是我的女朋友，我们两个人是在网络上认识的。那会儿一起玩微博，我在微博里说一些废话，她也在微博里说一些废话。后来不知道为什么，她觉得我的废话比较有趣。而我的废话居然有人欣赏，于是我也就

若真有情，愿你爱得尽兴

开始欣赏起她的废话来。

　　当然，主要原因是她漂亮——这一点她一直不愿意坦然承认，我认为这是她除了漂亮之外的另一个优点。我看着她像看一个宝贝，所以喜欢赞美。

　　第一次见面是在海边。没什么计划，说去就去了。不是马尔代夫，也不是海南，更不是蓬莱威海济州岛，而是，北戴河。

　　为什么？

　　因为近，省时间。

　　主要还是省钱。

　　见面的时候她穿着长裙配衬衫，裙摆走起路的时候荡来荡去。我和她携手坐在北戴河火车站前某棵老树下的长凳上，然后很认真地给她剥鸡蛋。

　　她问我为什么给她剥鸡蛋。我说因为鸡蛋有营养，而且我们两个都饿了。她问我饿了为什么不去吃好吃的。我说不知道什么好吃，先吃个鸡蛋对付一下。

　　她看着我，轻轻笑了起来。然后抬起头。那个时候我以为她因为将要吃到好吃的鸡蛋所以很高兴。后来她告诉我，她看天的时候是在翻白眼。

　　我们在北戴河吃了很多好吃的东西，包括烧烤和海鲜。还去坐了船，船家打鱼，我跟着船家一起拉网。很沉，以为网里有大鱼，拉上来之后连个鱼苗都没有。

　　然后我俩就下船了。在船上很高兴，没打上鱼也很高兴，下船了也一样高兴。咸菜没问过我为什么高兴，就像我也没问过她一样。

　　但现在我想说，因为那时候是和喜欢的人在一起。

　　和喜欢的人在一起怎么能不高兴呢？

从北戴河回去之后，我们又开始了异地。在彼此都特别满意特别想要在一起的情况下，我，来到了北京。

我以前爱喝酒，谈恋爱之后就不怎么喝了。偶尔有一次喝醉酒，和朋友说起来，说到我们在一起之后，为什么这么快就到了一个城市里。我说，那没办法呀，如果不到一个城市里的话，就只剩下分手了呀。

对方一阵愕然。我也有点蒙。

来到北京之后，我和咸菜住在东三环一个很老很老的小区里，但是刷了红墙，从外面看上去特别喜庆。下楼就是菜市场，我们住的那个楼后面还有健身区。有一天我和咸菜说，那里就是我们两个人的私人健身房。但是咸菜非要说那里是老年人活动中心。我们两个人争执不下，最后我顺从了她。

如果，到很老很老的时候，也能够一起锻炼身体，也是一件美好的事，不是吗？

后来，我们搬了家，从东三环搬到了东四环，住的房子也大了点。咸菜把客厅刷成了红色。是那种很好看的红色。卧室里有一个大大的落地窗，早晨起床的时候阳光就洒满了整个房间。有点睁不开眼，可是能伸一个大大的懒腰。

那天晚上我在家里工作，她忽然拿出一样东西，问我还记不记得。我瞥了一眼，说忘记了。她说你再猜。我的脑袋里面实在是没有想法，说不知道呀。咸菜就气鼓鼓地走了。

然后我接着工作，咸菜就坐在我身后不远的沙发上弹吉他。我觉得她有点不高兴，就走过去问她那个东西是什么。

咸菜说，这个是你一年前，我们刚刚认识的时候，你送我的生日礼物。

若真有情，愿你爱得尽兴

说话的时候，她的眼睛里闪着泪花。

我的心里涌上一阵感动。我将她紧紧抱住，闭上眼睛，一些过去真实发生过，却已经渐渐淡忘的回忆，就这样在脑海里回荡着。

天黑了。

我们安静睡去。

第二天醒来的时候，我去楼下跑步，天气很好，脚步也轻盈了不少。回来的时候，咸菜已经准备好了好吃的早餐。

时间悄然走过，我看着她吃东西的样子，想起她曾经说的那句"那谁看到好吃的还能不吃啊"，不知道为什么，心里忽然很高兴。

我想对她说，你吃东西的样子真好看。

但是没有说出口。可能是因为快要迟到了，也可能是因为那样随随便便说出来一点也不正经。于是我坐在这里，写下这么多文字，就是想要对她说：

喂，你吃东西的样子真好看。

你真好看。

17.

请让我永远留在你身边吧

　　睡了一个很长的觉。梦见喜欢的人，背景大概是江浙一带，反正天空里没有雾霾。绿树很美，从树叶缝隙会看到有光照射进来。然后就醒了，醒来发现幸好只是做梦。

　　约好和朋友们明天去十三陵郊游，昨天在网络上找啊找，准备需要注意的事项。买了些方便携带的工具，为了熟悉组装办法，自己玩到半夜。其实原本不必大费周章的，可以随便找家店，让店家帮着做些好吃的食物。

若真有情，愿你爱得尽兴

不过那样没趣味。偶尔还是喜欢自己做点什么，看它一点一点变成心里想要的样子，有种特别的成就感。

今天北京有霾，下午骑车走街串巷去吃一家熟悉的店里的虾仁馄饨。店面很小，差不多窄窄一个走廊。是家夫妻店。我走进去的时候，两个人正在吃饭，男人喝酒，女人吃菜。

去过几次也熟悉，男人冲我点点头，问我想吃什么。我说要一碗虾仁馄饨，两个荷包蛋。男人把酒杯放下去了厨房。端上来之后接着喝他的酒。

我慢吞吞吃着，馄饨有点烫，还是一如既往地好吃。出门时看到自己那辆自行车不知被谁推到一旁，倚着树干。

地上有落叶。我骑上车待了大概有一分钟，然后回到家里和咸菜一起去散步。她最近在减肥，很少吃外面的食物，于是只能散步。

要瘦下来。她这么说。

不是瘦下来，是恢复到原本的样子。我纠正她。

那就是瘦下来啊，唉，我这个胖子。咸菜捏了捏肚子上的肉。

我伸手拍了拍，被她打到一旁。

走开，她说。

我们走了很久，走到天黑时候。

小区的广场里有可以面对面坐的秋千。我们在秋千上坐下。

每次吵架，咸菜都会来这里坐着。

哦不对，也不是吵架，只是生气。原因记不太清了，大多是工作太忙，咸菜叫我，而我又没放在心上。诸如此类的原因。

印象深刻的有一次，家里有蟑螂，我正在客厅里做提案，咸菜有昆虫恐惧症——原本我以为是她自己杜撰的，后来才知道原来世界上真有这种病——吓得跑了出去。半个小时后我结束工作，后知后觉，才知道她跑走了。出去找她，像每次一样在秋千处找到，正在哭，义愤填膺地指责我把她一个人和昆虫丢在卧室。

我没法，只能坐在对面，等心平气和了再两个人一道回去。

总会心平气和的。

我们在秋千上坐了一会儿。

世界真奇妙。我想。原本不曾设想过会有这种情景的。

那时我们还陌生，我在那边城市湖边钓鱼，咸菜在这边城市繁忙工作。我翻越栏杆的时候，鞋子在栏杆上挂坏了，发照片给她看。咸菜和我吐槽自己工作有多忙乱。

偶尔交谈，打发无聊时间。我每天睡得早，咸菜睡得晚。早晨醒来，总能看到咸菜的留言，有时深夜写完了文章会发过来给我看。我醒来后一边吃水果一边认真读那么一会儿，然后告诉她我每一点细微感受。

终于见到面，是在海边。我没有去过那个城市，但也觉得格外亲切。也是在夜色里走着，天上下起小雨，两个人跑到屋檐下面。当时说了些什么已经记不清了，可笑容是挂在脸上的，然后就记在心里了。

我们从秋千上站起来，忽然想了些很遥远的事。想去海边看一看，但现在这个季节恐怕已经有点冷了。

咸菜依然在苦恼自己的体重。

我说一点也不重。

咸菜又丧气地捏了捏自己的肚子，说你看。

若真有情，愿你爱得尽兴

我不再说话，只慢慢朝前走着。

咸菜喜欢花园里的猫，看到的时候会逗那么一会儿。我站在旁边等着。

都说叶落的时节到了，可树大多还是在绿着。

季节总会有变化，我想。但总归还有些不变的东西。

如果太阳每天都能升起又落下，请让我永远留在你身边吧。

MARIAE NASCENTI

UNIT 4

把日子过成诗

在那样的年纪里

遇见那样的你

说不清爱情的样子

却有着比好友更亲近一点的关系

I

不懂爱情的年纪，
最喜欢说不清道不明的关系

若真有情，愿你爱得尽兴

嘿，

你曾说，

记忆像火车，

轰隆轰隆那样过，

留下多少回声，

就曾数过多少失落。

于是，

你经过傍晚下课后的无人走廊，

经过被夕阳斜斜照射的偌大操场，

你经过写满一个人名字的陈旧书本，

然后又把它们轻轻合上。

你在纸上轻轻写，

有多少勇气势不可当，

就有多少爱情流离四方。

你说到底什么才是勇气，

是跨过人潮找到你，

还是转身决裂在所不惜？

好像都不是，

距离一直在那里，

看着自己的内心戏。

在那样的年纪里，

遇见那样的你，

说不清爱情的样子，

却有着比好友更亲近一点的关系。

总也没法避免，

那些像所有过去一样难免遗憾的结局，

却一点也不觉得可惜。

过了很久你终于明白，

当你走过去，

若真有情，愿你爱得尽兴

站在他面前，

将心底里最想说的话告诉他之前，

深深呼吸的那口，

能让你沉静下来的神奇气体，

大概，

就是被人们，

称为，

勇气的东西。

UNIT4
把日子过成诗

2

不是不愿再见你

有没有过这样的经历，

一个不经意的时刻，一个再普通不过的场合，

对面是你熟悉或者陌生的家伙。

然后就这么着，

悄悄喜欢上了对方。

若真有情，愿你爱得尽兴

你总是这样，

太容易就喜欢上一个人，

太容易就对另外一个人动心。

你说你把心房打开许多门，

好像谁都可以进来走一走。

他们磨磨蹭蹭，慢慢悠悠。

却没人知道那些门都是伤口。

却没人知道你为何总是那么念旧。

不过也还好吧，

喜欢毕竟是一个人的事。

演自己的独角戏，

和谁都没关系。

可还是忍不住呢。

会想要知道你最近过得好不好，

会从你留下的只言片语里寻找关于自己的痕迹。

哪怕只是一点点的暗示，

也能立刻开心得马不停蹄。

我们都在那样的时刻里得到许多，
直到后来失去了自我。

你说今朝有酒今朝笑吧。
你说你愿意笑得开怀。
只要笑容有了开始，
就会像花儿一样开放。
可是花朵总会枯萎，
你也总会笑出眼泪。
我问你为什么破碎的笑容里总会有些眼泪，
你说是因为不想心如死灰。

还是想要知道你的消息。
还是想要了解关于你的点点滴滴。
不是不愿再见你，
只是太明白，
一旦相遇，
就不再能有诀别的勇气。

若真有情，愿你爱得尽兴

3
大概是类似于惯性的东西

"大概是类似于惯性的东西。"
我这么对他说，
就像朝前扔一只皮球，
落地的时候，
总是不会就那样停下来的，
还会朝前滚很远，
滚的时候兴致勃勃，
停的时候依依不舍。

277

是那次和朋友聊天时说起这样的话来，

我们坐在一家海鲜店里，

一边喝啤酒一边吃蛤蜊。

我的朋友问我，

为什么这次一定要跑来见他，

我有点喝醉了，

所以愿意认真说起自己的感受。

我说，你有没有过那样的时候，

听一首喜欢的歌听到一半戛然而止，

脑海里面就会盘桓剩下的旋律，

和喜欢的朋友在一起没有尽兴，

就总是想着再来一遭。

于是我们笑着干杯，

醉了又醉。

若真有情，愿你爱得尽兴

只是，

再不舍，

终归也还是要停下来，

喜欢的朋友总有一天会渐渐疏远。

曾经以为生命里不可或缺的那个人，

许多年后重逢，

当初盘桓在胸口的撕扯、遗憾、伤痛和不舍，

都成了不足挂齿的东西。

于是你低头微笑，

继续前行，

寻找下一次的停驻。

"大概是不那样喜爱惯性的缘故。"

我这么对他说，

"停了太久，总是想要行走。"

"为什么？"

毕竟，

你是气球不是皮球，

生命的意义在于忘情飞翔，

而不是拼命反抗。

4
风从海面吹过来

我遇见过很多种类的人，
总是像风一样，
忽然就出现在你身边了。
带给你一些崭新的什么，
比如，
那些期待又矛盾的梦想，
抓住却不能拥抱的风，
想喝又怕醉的酒。
还有，还有。

如果，
我是说如果，
有你在身边就好了。
因为啊，
每当我闭上眼睛的时候，

若真有情，愿你爱得尽兴

能够想到的只有你的样子。

我如此贪婪地思念着你，

就好像，

你真的就在身边一样。

我的生活越来越忙碌。

忙碌得我都不知道应该如何让他们继续在我的生命里。

忙碌得不知道什么时候，

我的生活才能真的有所喘息。

我爱这样的忙碌，

我喜欢我在做的所有一切，

我愿意这样不停地书写，

因为我开始思念你了。

那么，你呢?

很多时候，

我都会这样想，

如果有一天，

我们能够见面的话，

那该有多好。

可是终究不能。

我终究只能在这偌大的城市里，

和熟悉的一切在一起。

我不喜欢陌生。

也许，没有人会喜欢陌生。

在未来的日子，

我们向前踏出脚步，

好像是一场旷日持久的奔跑。

我想，

要是能一直奔跑下去，

倒也还好。

可惜一切总是不能如愿。

没有未来的日子，

我用什么来留住你。

我用那些期待又矛盾的梦想。

我用那些抓住却不能拥抱的风。

我用想喝又怕醉的酒。

我用我能看到的，

我能想到的，

我能得到的一切来留住你。

只是我却忘了，

这个世界上，

时间是一件留不住的东西。

若真有情，愿你爱得尽兴

你看外面的风，

你看流逝的水，

你看我身边的一切，

我想把我能看到的，

最好的东西都告诉你。

可是我没有办法，

把这一切带到你面前。

风从海面吹过来，

我梦见梦从梦里睡过去了，

我遇见人从海岸那里摆渡而来。

我总是能够想起，

海边、落日和村庄。

我总是怀念着那样的日子，

就像，我一直都在怀念着你一样。

我记得，

很久以前，

曾经看到过这样一句话。

"到底该怎样，

去形容那些稍纵即逝，

却没有被你紧紧抓住的灵感呢？"

"就好像你行走在一片大雾的森林里，

你当然一点也没有方向，

整个人好像都糟糕透顶。

可是忽然，

在你的面前，

跑过一头梅花鹿。

你不确定那是否一头梅花鹿。

可你却总也不能忘记，

那头梅花鹿有多美。"

也许我们都会忘记。

我的意思是说，

你之于我，

其实是像灵感那样的东西。

我曾经遇见过，

可那样的遇见，

到底还是稍纵即逝了。

而我，

却不能忘了，

那样的稍纵即逝，

是有多美。

若真有情，愿你爱得尽兴

5

叫我如何不难过，你让我灭了心中的火

喜欢和你在一起时那些短暂的片段。

我们坐在某处，

聊着别后种种，

我在脑海中尽量找些有趣又有意义的内容，

否则真不知道该怎么沉默才好。

我是说，

那样美好的时刻，

是不应该沉默的。

我拼命和你聊着我想对你说的话，

因为是那样无比明确地知道，

这次别后恐怕又要等待很久。

我习惯了等待，

但是却一点也不喜欢没有你的日子。

于是我问你说，

我们两个，

是在什么时候认识的呢?

时光一下子回到很久以前。

记忆有点模糊了,

但模糊的记忆里,

我还能看得清你。

热闹的人群,

没有了声音,

就都成了背景。

我热情地朝你走去,

径直地朝你走去,

听你说起你的故事。

你对我讲过许多故事,

可真正让我印象深刻的,

却是你笑起来的牙齿。

故事里的人物一点也记不清了,

似乎只有讲故事的人才是真实的,

若真有情,愿你爱得尽兴

才是重要的。

其他都成了好看的花瓶。

不，

可能连好看都不能称得上，

充其量是摆设吧。

有也行，没有也不觉得少了什么。

连接彼此之间的纽带是声音，

从唇齿间开始，

经过空气传进耳朵里。

让我不得不专注看着你的眼睛，

好像那是一片大海，

神秘、深邃，

让我能够听见自己扑通的心跳声。

蓝色的气球，

还能记得蓝色的气球，

在栏杆外。

路过的时候我们一起抬头看了一眼，

但最后我的目光还是落在了你的脸上。

你看着气球，我看着你。

多希望时光定格在此处，

让我能够永远永远看着你。

风吹在脸上，

吹乱了头发。

你说夏天已经过去了，

空气里没了温暖的味道，

天气会一天一天变冷。

我说最美好的日子将要来临了。

风吹跑了云彩，

会看到湛蓝的天空，

抬起头来的时候，

像整个人都心甘情愿被那样的蓝吃掉一样。

原本紧张的肩膀也放松下来。

那时我想，

如果我们并肩站在一起，

也许我会去牵住你的手。

然而还是没有。

怕唐突了彼刻一些美好的东西。

若真有情，愿你爱得尽兴

下次什么时候还能再见面？

问也问不出口。

那还是不问了吧。

虽然一点也不喜欢没有你的日子，

但也早已习惯了等待。

好久不见。

说不出喜欢。

说不出的喜欢藏在了心里，

像自己浇熄了心中的火。

只是叫我如何不难过。

叫我如何不难过。

6

可我舍不得放下你

也不是从未喜欢过，
只因那时胆小不敢说。
后来长大了，
却连那时喜欢过你这样的事实，
也不好意思面对。
于是只能独自怀念，

若真有情，愿你爱得尽兴

谁也不说。

想想也好，

谁说从不主动，

不是另外一种，

坚定选择的人生呢。

没有翻山越岭的勇气，

即使最幸福的时刻，

也只能是在梦里。

回忆好像从来无所顾忌，

任凭时光流逝，

只在脑海里越来越清晰。

也许谁都有过那样的年纪，

以为自己无人能敌，

直到遇见某个人而终究泄气。

想放弃又不舍，

想逃离又贪恋一时的欢乐。

时光像火车，

轰隆轰隆过。

熟悉或者陌生的场景，

像窗外飞逝的什么。

想不通的想法，
猜不透的猜测。
假装对一切冷漠，
又将真挚情义当成玩笑话，
嘻嘻哈哈随口提起，
假装一切不经意。

舍不得放下你，
紧跟着那句也只是说说而已。
身边人在笑，
于是和他们一起微笑。
看着窗外掠过风景，
然后在心里对自己说：
那年你低头不说话，
让我至今好生牵挂。

若真有情，愿你爱得尽兴

7

铭记止于得到，就像痴心总是源自妄想

铭记止于得到，
就像痴心总是源自妄想。
你说我没有很想你，
那些只是自己没有办法控制好的事。
你们曾经一起在街上，
你问了很多关于未来的事。
最后两个人都没办法说出口似的。
于是也就只好不说了吧。

可是不行，

还是要说，

必须要说。

否则一切就都没有意义了。

好像一切都是从远方过来的。

就好像风在吹，

雨在滴落。

可风会一直不停吹吗？

雨会一直不停落下来吗？

我会永远和你不分离吗？

这些通通都没有答案。

当然，你说，

我也不喜欢答案。

我希望所有答案都不必说出口。

那样我就可以好好和你在一起了。

若真有情，愿你爱得尽兴

可是不行啊。
这个世界上，
答案是简单的，
因为它就在心里。
困难的只是将它说出口的瞬间。
可它们总会被说出口的。

你一个人慢慢行走着，
看不到未来的方向了。
曾经觉得，
和那个人在一起就是所有方向。
如今失去了，
只好如此，
只能如此。
未来在哪里呢？

你想不到。

管他未来在哪里呢，你说，

反正已经没有办法想象了。

于是也就只好变得清醒。

是呀，清醒。

当过去一切缥缈成烟。

你也曾暗骂自己是个傻瓜。

然后是苦笑，

再后来是真的很开心在笑。

因为毕竟你没有因此而死掉。

若真有情，愿你爱得尽兴

那时看来命悬一线的情感，

如今也已不再重要。

重要的是还在前行，

你一直都在改变着自己。

否则也就不会变得清醒了。

甚至连想要变得清醒的愿望都不会有了。

虽然有时路途黑暗，

可你学会了转身。

然后才知道，

原来自己其实一直都背对着光源行走。

你曾经看到的都只是身后。

就像你一直看着过去一样。

光被自己挡住了，

而转身就是未来。

你总会看到那束光的。

虽然微弱，但毋庸置疑的光。

它就在那里，就在远处。

安静且坚定地，

等待着你。

UNIT4
把日子过成诗

8

暖一颗心需要多少年

那天你是不是遇见过谁。
是休假的日子里，
你和好友上街，
忽然看到熟悉身影从身边走过。
然后你停了下来。
你想要回头看。

若真有情，愿你爱得尽兴

就好像要看看过去的记忆那样，
有些什么东西闪入脑海。
有些什么回忆在那一刻，
在你的心里深深扎根。
就像那些坏念头一样。
你知道，
好的想法总是一闪即逝，
而坏念头却总会在心里深深扎根。
你看了场不是很喜欢的电影，
吃了些不是很喜欢的食物，
街上的热闹对你来说可有可无，
只是低头一面踢石子，
一面走脚下的路。

你想起了些以前的事，
关于近乎嘶吼的争吵。
小小的房间，
是两个人一起租来的。
因为很喜欢客厅里那个小小餐桌，
看起来有家的味道。

UNIT4
把日子过成诗

可惜这些细节，
也只是过去许多年，
才又重新想起的。
就像你重新想起了某个人一样。

还记得，
关上门的瞬间是想要挽回的，
只是忘记带钥匙了。
好像丢在了哪里，
可具体丢在哪里也早就已经忘记了。
于是你敲了敲门，
那个人打开门陌生地问你，
你是……？
那一瞬间你才明白，
原来遗忘也只是一扇门，
打开再关上，
一切都能假装不认。
喂，
暖一颗心需要多少年。
寒一颗心，
是不是只要一瞬间。

若真有情，愿你爱得尽兴

UNIT4
把日子过成诗

9
请让我们之间的距离再近一点吧

那时候，

看过这样一句话，

如果你对这个世界上的某种事物，

有一种难以抑制的强烈欲望，

那么，

宇宙会自动缩短你们之间的距离。

多美的一句话。

即使此刻经历着晦暗的生命，

也好像忽然就充满了希望。

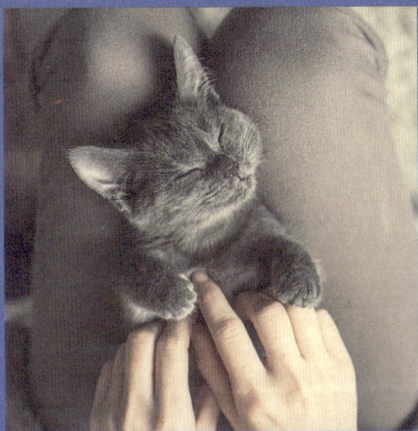

若真有情，愿你爱得尽兴

读书的时候，

曾看到那些对于四维空间的畅想，

人们说，

四维的空间，

也许是一个无限开阔的空间，

是不能够用现时的言语去描述的。

一切三维的细节，

都会在你面前被无限展开，

你能够看到你曾经难以想象的东西。

无限、浩瀚、永恒这些词语，

也一下子会拥有新的含义。

也许，

思想是空间里的一个维度，

也说不定。

当思想转化的欲望，

足够强烈的时候，

像一块磁铁，

吸引着远处那些细节，

UNIT4
把日子过成诗

当然，只是遇见而已。

你们的距离会无限接近。

可到最后，

还是要靠自己去触摸。

把玩在掌心，

拥在怀里。

我们如此贪恋拥有的感受，

如此想要将一切都纳入自己的生命之中。

即使我们明知道，

虽然思想没有限度，

而我们能够实实在在拥有的东西，

总是有限的，

可还是没有办法抑制这样的想法呢。

无论那拉近我们距离的东西是什么，

请让我们之间的距离更近一点吧，

那样我就可以触碰到你了。

若真有情，愿你爱得尽兴

10

她假装不想念，你假装不在乎

嘿，

可能，

在那些让人绝望的争吵发生时，

你也会偶然冒出这样的想法：

如果两个人能好好在一起就好了。

但你打心底里明白，

那也只是奢望。

事与愿违的事情太多了，

可能也不缺你正在经历的。

只是有时候，

心里还是会有些小小愿望：

即使分开了，

彼此也能做好朋友的吧。

于是抱着这样的想法，

小心翼翼联络对方。

你也不知道自己内心里，

究竟是想要和对方做朋友，

还是想要挽回些什么。

但最终，

你得到的，

只是一个冷冰冰的答案。

好吧，

你说，

再见。

生活里有一根刺。

大多数的时候，

它不会很痛。

似乎在你可以忍受的范围里，

前提是当你没有想到它的时候。

可你总也不能不想。

甚至，

在大部分时候，

你都在想着这根刺。

于是它就变成了一件非解决不可的事。

你感到命悬一线。

你想将它拔出来。

这很好。

你想让自己好过一点。

这没什么错。

你觉得，

最简便的办法，

也许就是换另外一种生活。

307

就像你购买的每一个商品一样。

懒得修理，

懒得维护。

你觉得那样太浪费时间了，

而且也不一定会有好的结果。

你的经验告诉你，

换一个可能会更好。

毕竟你在生活里也是这样做的，

不是吗？

你买了一件又一件的衣服，

你换了一套又一套的化妆品，

你试了一种又一种的减肥办法，

如此多的生活智慧——

如果那称得上智慧的话——

都在告诉你这样一件事，

下一个会更好的。

于是，

即使未来永远都是无法确定的，

即使每一次的尝试，

你都以失败告终，

但你还是相信着，

下一个会更好。

若真有情，愿你爱得尽兴

你走到了下一个路口，

你打开了另外一扇门，

到最后你开始感到悲伤，

你以为你会停的，

可还是一扇又一扇地打开着。

因为你好像连停止的勇气都没有了。

兜兜转转，

兜兜转转，

你转了好大一个圈。

最后你短暂驻留在了某个地方，

某个似曾相识的地方，

然后你看着曾经，

曾经那些出现在你生活里的人，

忽然感到格外难过。

原来都是一样的，

从来有所更改。

不过是，

你假装不想念，

他假装不在乎。

多难过一件事。

多难过一件事。

I I

一言不发有时也是最坦白的表达

沉默。

沉默。

还是沉默。

沉默是有声音的吧。

我猜。

最动听是你。

若真有情，愿你爱得尽兴

最无聊是你。

最冰冷是你。

最热情是你。

有时喜欢一言不发的对视。

那样也能听到声音。

说出口，

就不太能听得懂的声音。

有时喜欢你。

特别喜欢你。

想要和你在一起。

想要听见一言不发的你说点什么，

对，不说话。

可你的眼神，

你的动作，

一定要说点什么，

否则就不能算数。

这深秋的空气很冷。

夕阳落下得太早。

坐在靠窗的书桌前，

时常会想，

UNIT4
把日子过成诗

怎么不知不觉，

天就黑了呢。

刚才还是一抹斜阳，

温暖打在脸上，

只是瞬间的事，

怎么忽然就变得冰凉。

不喜欢天黑，

不喜欢冰凉。

嘿，

你也一定说不清吧，

一言不发，

有时也是最坦白的表达。

只是那么看着不说话，

你也能明白所有心意。

是相拥还是决绝，

早就已经想好了吧。

天黑了。

夜凉了。

你看着我不说话，

就已经是最好的表达。

若真有情，愿你爱得尽兴

12

别傻了，纸团皱了就再也铺不平

会不会是这样的状态，
两个人分别之后，
假装自己过得很好。
和喜欢的一切在一起，
每天都格外充实。
我自己生活得也很好啊，
而且比和你在一起的时候更好。
你也不必挂念，
我也不需要你的挂念。

我好着呢。

你说我一个人不会活得很好，

可我就是要活得漂漂亮亮给你看。

可当这句话闪现脑海的时候，

你忽然觉得黯然神伤。

然后开始问自己，

我为什么要活给你看呢？

这个问题挥之不去，

你也找不到答案。

于是你努力让生活变得充实，

努力不让任何不开心的情绪重现脑海。

最近气温骤降，

你忽然接到一条信息，

问你最近过得好不好，

有没有记得加衣。

你想要哭出声来，

若真有情，愿你爱得尽兴

紧紧咬着嘴唇。

你说自己过得不好，

一点也不好。

在黑漆漆的屋子里，

反正也没人听到。

那样就可以流泪了。

那样第二天醒来的时候，

就还是可以告诉自己，

一切都没关系了。

可是啊，

可是啊，

你醒来了，

才发现一切都是梦境。

没有人给你发来消息。

没有人还在像那个人一样关心你。

你拉开窗帘，

以为阳光会让你变得坚强。

可不知道为什么，
竟感到每天都将如此生活下去的绝望。

看到那个熟悉的名字还是会害怕，
害怕想到，
害怕忍不住又去寻找。
总是这样轮回着，
像伤口结疤后的痛痒。
明知道不去管会好得快一些，
还是忍不住撕掉。
看着血留下来爽快似的。
但痛过之后每次也都很欣慰，
因为即使如此，
伤口也还是在越来越小。

"再过不久我就会忘掉你了。"
你对自己说。
然后你听到一个声音：
别傻了，
团皱了的纸，
就再也铺不平了。
不是吗？

若真有情，愿你爱得尽兴

13

为何如胶似漆了一阵，彼此又成陌生人

那天听朋友说起关于友情的事，

他说你看，

我们身边的朋友总是在换，

那种可以相伴一生的良性友谊真是太少太少了。

大部分人其实都是酒肉朋友。

可酒肉朋友也没有坏处不是吗，

朋友原本就是用来打发无聊时光的。

你只是需要一个人能把你的话接下去，

能和你站在一个频率上聊天而已。

至于这个人是谁，

其实并没有什么所谓。

我不知道这是否每个人的普遍想法，

又或者真相即如此。

如果是的话，

还真是会感到可悲呢。

要么开始的时候大家就保持着一点客气的距离。

为何如胶似漆了一阵，

又把对方当成了陌生人？

我不喜欢这样的转变，

我喜欢一切可以长久的东西。

可就连这样的喜爱，

也是可悲的。

因为啊，

若真有情，愿你爱得尽兴

这个世界上，
从来没有什么事物，
是真正长久的。
我们都在变化着。
我们都带着想要和另外一个精神结合的愿望，
孤身处于黑暗之中。
然后我们又在这黑暗之中沉默着。

沉默最可怕的地方在于，
曾经说好永不分离的情分，
早就在你心里被判了死刑。
你悄悄将对方摆在一个可有可无的位置，
表面上看去风平浪静。
除你之外，
再也无人知情。

14

我们从未走进对方心里

忘记为什么一定要见面了。
那会儿我们两个人站在路边。
冬天街上很冷，
大概有零下十几度的样子吧。
衣服穿得不厚，
站了稍微有一会儿就冷了。

若真有情，愿你爱得尽兴

我冻得浑身哆嗦，

于是将身上的衣服穿紧了些。

你滔滔不绝地说着，

那样子好像喝醉了酒。

也好像那些话全部都不是对我说的，

我只是偶然出现在你身边的过路人。

而你说的那些话语就在风里吹着，

至于落在哪里，

似乎也一点都不是你想要关心的问题了。

可是我又能怎么样呢？

你说，

是因为一次醉酒吧。

两个人相互拥抱着，

彼此拍拍肩膀。

还肆无忌惮数落对方的不是，

但也并没有因此而互相怨恨，

反而觉得彼此是一生的知己。

从小心翼翼的试探开始，
到肆无忌惮的数落。
这中间也许不需要太久的时间。
和你分开后，
我的心里总是记挂。
和你见面后，
我也一直在寻找那个晚上的亲密无间。
可是不知道为什么，
那样的感觉，
忽然在清醒之后就完全消失了。

若真有情，愿你爱得尽兴

好像是庆祝时的火花，

我们欢欣雀跃，

闪亮瞬间，

可终归还是变成了沉寂的一部分。

以前你喜欢喝酒，

每周都要和朋友们喝三次酒，

有时候是同样一些人，

有时候这些人又变成了不同的。

可相同的一点是——

你说，

你总是在和不同的人，

说相同的话。

或者和相同的人，

说重复了又重复的话。

可惜身边没有任何一个记录的人，

如果有的话就好了。

那样我们就可以知道我们是有多无聊了。

可惜没有。

UNIT4

把日子过成诗

所以我们也不知道自己到底是有多无聊。

多可惜啊，

你摇了摇头，

说了又说。

我们从小心翼翼，

到肆无忌惮，

最终又变成了如今的小心翼翼。

也许我们从未走进对方的心里，

那些肆无忌惮，

也好像真的只是庆祝时的火花，

闪亮一个瞬间，

终归还是要沉寂。

但你还是要过那样的生活。

虽然心里出现了不同的声音，

却好像只是说给风的，

想想就过去了。

像被风吹落的树叶，

至于落在哪里，

也同树干本身没有半点关系了。

若真有情，愿你爱得尽兴

15

我唯一想做的事，就是去见你

我有很多话，
想要和你说。
你听到也好，
忘掉也没什么大不了。

UNIT4
把日子过成诗

只是，若此刻不说，

往后就没有很多机会了。

因为我站在了人生的拐角，

再往前走不远，

跨过那个年龄的坎，

也许就要和年轻这样的字眼，

永远说再见了。

若真有情，愿你爱得尽兴

你知道，虽然没有老去，

但总归是不再年轻了的。

那么，就让我都写在这里吧。

回到当年时光里去看看往事。

往事里的故事与日俱跌变化无常，

往事里的良人远走天涯永不还乡。

可那时的我还是跳到你面前，

没有准备的蹩脚台词，

也讲不出任何好听故事。

只是愣头愣脑地对你说，

和我走一段路可好？

你对我点头微笑，

可能也只是一时玩笑，

但至少曾经某刻当了真。

于是我们走过天桥，

遇见大雪。

也经过了白天黑夜。

路灯洒下来，

照在路面上。

你轻轻走过去，

抬起头来仰望着。

我就那样远远看着你，

UNIT4
把日子过成诗

心里暗自欢欣喜悦，

因为那是曾经的自己，

最接近幸福的时刻。

可你也知道，

接近和拥有，

是两回事。

终究还是都过去了呀。

我有很多话，

想要对你说。

当时想要说却没说出口的。

曾经想要把握，

却没有努力抓牢的。

如果岁月能够从头再来，

我唯一想做的事，

就是不远万里去见你。

如果时光能倒流，

我唯一能做的事，

就是不让自己，

在很久很久后的此刻，

怀念你。

若真有情，愿你爱得尽兴

16

相逢的人会再相逢

天气预报显示最近的气温是零下十七度，
外面刚刚下过一场大雪，
天气冷得能把人冻透。
我穿了厚厚的羽绒服——
一直到膝盖那种。
街上行人很多，
不知道从什么时候开始，
努力改正把手放到口袋里的习惯。
于是一直将它晾在外面。
开始的时候浑不在意，
到一个暖和的地方，

329

过了一会儿才感觉到，

哦，

原来被冻得很疼。

可能，

我是说可能，

改变生活里某个习惯的时候，

总是会感到些微疼痛的吧。

最近很困，

像一直都没有休息好似的。

若真有情，愿你爱得尽兴

在家里，在工作室，

打个哈欠倒头就能睡着。

又一次醒来，看到天上的月亮。

心里有些什么样的防线被轻轻击溃了。

我是说心底总是明亮着的东西——

就好像每天睁开眼睛看到的那束光芒。

可能是太累的缘故。

生活嘛，

原本如此。

忽明忽暗。

很少再和朋友谈论理想，

哦，不是很少，

而是从来都没有过了。

想想以前的自己，

多单纯的样子。

我很怀念。

但怀念似乎并不意味着一定要回去看看。

喜欢沉浸在某个当下的时刻里，

然后尽可能地在那个时刻里过足够长的时间。

虽然身边的一切都在改变，

但在那个时刻里，

有什么不变的东西一直都在。

是能让人感到安全的东西。

疲累。

不只是心理上的，

还有心灵的疲累。

但是我们都明白，

一切都没有关系的。

只要咬咬牙，

再不开心的现在也都会过去。

最近错过了一些人。

最近遇见了一些人。

很喜欢村上在《挪威的森林》里写过的那句话：

"迷失的人迷失了，

相逢的人会再相逢。"

其实，

相遇从来都是很值得庆幸的事啊，

好好相聚，

好好告别。

眼泪和撕扯都是辜负。

若真有情，愿你爱得尽兴

17

刚好我忽然想要牵起你的手

经历过很多幸福的瞬间，
大部分都已经忘记了。
有些还能记得，
但也记得不是很清楚。
比如某天清晨醒来看到洒进屋子里的阳光，
比如终于吃到想要吃的食物，
比如跑步的时候流出的一点汗水，
比如……

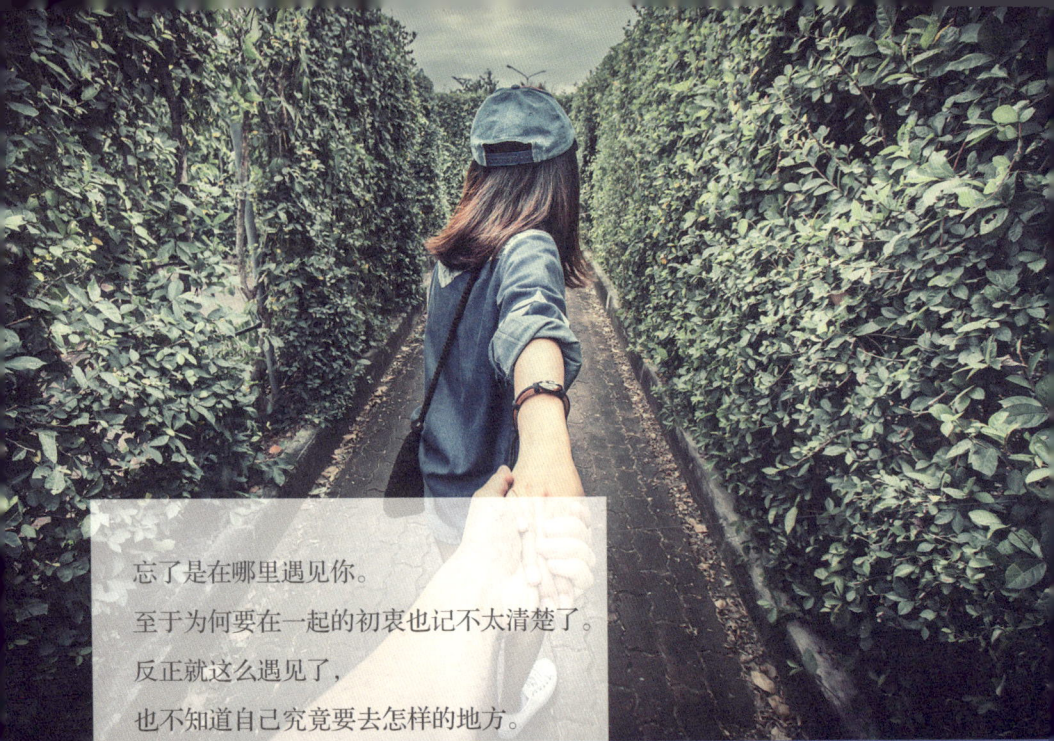

忘了是在哪里遇见你。

至于为何要在一起的初衷也记不太清楚了。

反正就这么遇见了，

也不知道自己究竟要去怎样的地方。

可心里头还是有些简单的愿望——

是否能够变得更加亲近一点呢？

就是如此简单纯粹的愿望。

因为相信，只要和你在一起的话，

一切就都会好起来吧。

对，就是这样的想法，

你看，一点都不伟大对不对。

我如此自私，

如此愿意为以后的自己着想。

若真有情，愿你爱得尽兴

为了能让以后的自己，

生活得更好一点，

我愿意对你好。

因为我觉得，

这样你就能也对我好一点了。

是的，我就是这么做的，

真诚地去做了。

结果也如我所愿。

我想了想为何我会幸福至此，

然后慢慢明白，

因为我如此真诚，

我不愿意隐瞒你。

一切都是为了我自己。

有次你问我，

你能想象到最幸福的瞬间是什么。

我想了想告诉你说，

我能想象到最幸福的瞬间，

大概就是，

刚好那时天气凉，

刚好我忽然想要牵起你的手。

18

拖得越久，越是难言放弃

很多时候，
我们明明已经知道真相是怎样了，
却还是选择不去相信。
不去看，不去想。
你试图说服自己，
佯装一切都没有发生过。

若真有情，愿你爱得尽兴

然后一切就好像真的没有发生过一样。

一如往日，从无更改。

说到底，我们还是只相信那些，

我们愿意相信的事。

大概算是自欺欺人，

可自欺欺人到底也没什么不好，

你想让自己高兴点，

你觉得如果太快接受那个事实，

会让自己猝不及防。

你会跌倒，会伤到，

会觉得自己整个人都很糟糕。

于是一拖再拖。

自欺欺人是个好办法。

风平浪静，歌舞升平。

再没有比这更好的事了。

可我们总是在等待里，

错过彻底摆脱的最好时机。

拖得越久，越是难言放弃。

"那究竟什么才是事实呢？"

事实就是指已经发生过的事，

从一开始就没必要争论的，

只能承认的事。

然而最让人想不通的是，

许多人在事实已经摆在眼前的时候，

还是选择不去相信。

这大概就是所有悲剧产生的原因。

若真有情，愿你爱得尽兴

19

我们总是用最恶毒的话，
去伤害一个最亲近的人

说不出为什么，

我们总是用最恶毒的话，

去伤害一个最亲近的人，

然后再用最深的忏悔去挽回。

感情在这样的循环里撕扯和消磨，

慢慢变得无迹可循了。

究竟去了哪里呢，

你想。

你去寻找，

却往往会在寻找的过程里迷路。

罪恶涌上心头，

对，就是那一刻，

你感到反正无法从头再来，

不如还是破碎的好。

你说你喜爱完美，

一点点的瑕疵，

与坏掉的事物原本也没什么两样。

我们就这样在嘶吼里告别，

就好像那些美好的人和事，

若真有情，愿你爱得尽兴

从未发生过一样。

没有安全感，

与生俱来似的，

一直在那里似的。

如果能够长久拥有一样事物就好了，

可我们总是在得到之后就顺手抛弃。

那样，

即使拥有，

也同失去没什么两样吧。

别傻了。

一切都会消失的。

感情也是。

一切都是需要守护的。

感情尤其是。

20

给得再多，不如懂我

你曾经得到过许多东西，
在夕阳洒满的夏日傍晚，
在偶遇心跳的十字路口，
在刚刚睡醒的清晨，
在被风吹拂的那个午后。

你曾经失去过许多东西，
你却忘记了是什么时候，
只知道是在每一个，
未曾想过将要失去的，
不经意的时刻里。

若真有情，愿你爱得尽兴

你曾经历境遇的起伏，

见证岁月的逝去，

看到花朵的枯萎，

还有泥土的裂痕。

在经历那些的某个瞬间里，

好像才忽然真正明白，

没有什么事物，

是可以永远留在身边的。

你什么都没有做，

只是学会了轻轻闭上嘴巴。

你这么想着，

然后重新翻开一页。

那是新的篇章，

你在洁白的纸上，

写着：

说得再多，

不如沉默。

给得再多，

不如懂我。

21

离开是早就决定好的事

离开是早就决定好的事。
还在和你一起吃饭、看电影，
对你微笑，说着关于未来的事。
但这些都没关系，
我们总是猜不透一个人心里的想法，
不是吗？
所以那些和决定离开有关的情绪——
无论是纠结和犹豫，
抑或是若即若离都不会影响你。
你每天还是会和以前一样开心，
然后等着最后一天，
决定终于揭晓的时候，
被前所未有的痛苦一举击倒。

你就这样度过了很长一段不开心的日子。
感到天昏地暗，好像永远也没有明天。

若真有情，愿你爱得尽兴

翻看以前记录彼此美好的日记，

房间里满满都是两个人曾经在一起的点点滴滴。

窗台上的花，墙上贴的画。

你开始回忆过去，

却总是想不明白，

为什么在一起的时候总是千好万好的，

可是有一天，你最熟悉的那个人，

却忽然变成了一个陌生人。

你明明知道，不是没有好日子的。

可就是已经回不去。

离开后就再也回不去了。

好了，你说。

整理了一下乱糟糟的房间。

总之全都已经过去了。

还是要生活，只不过换一种方式，

深夜孤单的时候不再有人慰藉，

难过的话语也不知道应该和谁说出口。

这也好，你想，

我们总要变得坚强点。

哪怕是再坚强一点。

于是你低着头，紧紧握了握拳头。

345

你开始认真地生活。

你说，

"努力活得很好，是为了有天遇见那个人的时候，

可以对他说，这些年我很好，

是真的很好，

你可以从我的脸上，

从我的眼神里看出来。

你终于可以不再惦记我了，

是那种担心、同情又可怜的惦记。

我想让你看到我的时候一下子明白，

那些我都不再需要了。"

若真有情，愿你爱得尽兴

22

水凉了还可以再喝，心凉了却只剩下沉默

看到这样一句话：
"你如果不学会如何去爱一个人的话，
即使换一个人也会遇到你一直在逃避的问题。
就好像你在这个池子里不会游泳，
心里就想着，

也许换一个池子就会好一点吧，
但其实换一个水池也还是会沉下去的。
你会扑腾两下，
可也只是时间早晚的问题而已。"

那么，如何去爱一个人呢？
你一定听过许多答案。
包括有效的或者无效的。
其实问题的答案原本无关紧要，
当你遇到之后，
自然而然会知道答案是怎样的。
真正的问题却在这之前就已经早早出现了——
我的意思是说，
在学会如何爱别人之前，
我们得学会如何好好爱自己。

嘿，你说你喝过许多种类的酒，
遇见过许多种类的人，
读过许多洋洋洒洒的文字，
可还是学不会某些事，
放不下某个人。
失眠的夜里你会翻身从床上坐起，

若真有情，愿你爱得尽兴

然后守着空荡荡的房间等到天明。

渐渐才明白，

原来水凉了还可以再喝，

心凉了却只剩下沉默。

我们早晚都会离开现在的生活。

快乐总归相似，笑就好了。

悲伤却各有各的不同。

因为不只是流泪，

还有冷漠与皱眉。

难过有不同的表情，

笑却只有一种。

你说怪不得难过很累，

因为你要假装自己很快乐。

349

可还是要相信才行呀。

然后某些不可能的事，

才真的会发生。

睡前空着肚子，

不对无关紧要的事花心思。

轻松点，少吃点。

别听那些无聊的话，

告诉你多吃是福。

让自己的体重轻盈一点，

心情也跟着好一点。

让美丽的自己出现，

让美好的未来发生。

和那些为长远未来努力的人在一起，

离开那些只为下一刻满足而活的家伙。

别让过去的羁绊阻碍你，

因为早晚有一天你会离开现在的生活。

祝愿你，

快点学会爱自己，

早日遇见那个更好的自己。

若真有情，愿你爱得尽兴

23

你要不顾一切让自己变得漂亮

我想，我们都得面对这样一个现实：
没有人会喜欢一个丑陋的人。
我们都喜欢看起来美好的事物，
无论是可爱的宠物还是璀璨的夜空，
无论是华美的衣服还是浪花泛起的海岸，
它们都有一个共同的特点，就是好看。

当然，我们也称颂那些美好的品德，宽容的内心。

可这些没有实质的东西，我们是怎样得知的呢？

是通过编织精美的文字。

我相信这个世界上，

也有虽然外表看起来有明显缺陷，

但内心美丽的人。

但是我也相信，

内心的美丽，

必然让那拥有缺陷的外表，

变得并不惹人厌烦。

即使这个定律反过来并不完全成立。

我的意思是说，

也有很多外表美丽，

但却拥有一个并不健全的内心的人。

但请相信我，

时间会让你看清楚的。

然后远离他们。

无论是在工作还是生活里，

我都喜欢相貌精致的人，

若真有情，愿你爱得尽兴

相信你也是一样。

好的外表会带来很多便利，

包括工作的机会、额外的优惠，

以及你喜欢的人。

既然如此，

为什么不把自己变得更好看呢？

好看是根基啊，

不要变成胖子，

不要整天脏兮兮的。

即使是在最糟糕的日子里，

也请干净整洁，

注意自己的仪表。

因为和糟糕的日子不一样，

那是你可以控制的东西。

先将能安妥的安妥，

再去追求喜爱的一切，

难道不该如此吗？

甚至，在已经稳固的感情里，

好看也是如此重要。

353

总是能听闻一些不好的消息，

妻子或者丈夫出轨，

导致整个家庭的破碎。

当然，在大部分的认知里，

我们觉得对方是有错的。

但错只在对方吗？

你有没有在认为"关系已经稳固"这样的内心暗示下，

没在自己恋人面前注意自己的仪表呢？

你是不是在对方的眼睛里，

变得不是那么好看了呢？

我想，这应该是需要思考的问题。

也许比思考如何惩罚对方更重要。

醒醒吧，

没有人会喜欢一个丑陋的人。

所以无论如何，

请不顾一切让自己变得漂亮，

即使是在那些最糟糕的日子里。

也许你会发现，

世界忽然对你温柔了起来。

若真有情，愿你爱得尽兴

24

喂，请你和我在一起好不好

"对不起啊，
因为平常实在没有特别喜欢过一个人，
所以喜欢你的时候才会手忙脚乱。
明知道这样不好，
可还是没法变得更好一点。
就好像手忙脚乱这种事，
是和喜欢你一样没办法控制的事一样。
以前从没这样喜欢过，
所以原谅我喜欢得这么糟糕。"

"喜欢一个人的时候，你会怎么办？"

会很紧张呀。

但是看着对方的样子，

就已经很满足了。

在每一个能见到面的场景里，

即使只是偷偷看着，

也是满心里都是欢喜的。

走在对方可能出现的地方，

心里也会感到七上八下。

万一遇见怎么办，该说什么话，

打怎样的招呼。

但毕竟偶然相遇，

是件可遇不可求的事。

大部分时候，

只是这么想着，

就匆匆走过去了。

有时候也会暗暗责怪自己，

哪怕真的遇见了，

手也不知道该往哪里放，

话也不知道该怎样说，

连直视对方的眼睛都没法做到。
看过那么多的爱情故事，
却还是没有好好喜欢过一个人，
总也学不会浪漫情调，
生疏是唯一的技巧。

喂，
不要想太多啊，
故事只是故事，
从来都不是生活。
不是别人怎样，
你就一定要怎样的。
毕竟真诚的喜欢，
好过所有的虚情假意。

不如，先走出第一步好了。
就是那种被人们称为勇气的东西。
深深吸一口气，
然后大大方方走到对方面前说，
喂，我很喜欢你，
请你和我在一起好不好？

25

别担心，你永远不会冰冷得无处可逃

你曾经爱过这样一个人，

他有着让你喜欢的容貌，

好看的嘴巴还能讲出有趣的故事，

让你听到之后笑一笑。

后来的某个时刻，

也许是夜晚，

他做了一件让你无比感动的事，

若真有情，愿你爱得尽兴

你们自然而然地接吻。

然后不知不觉走到了一起。

你们当然度过了一段特别快乐的时光，

如果非要形容的话，

你也想不出特别好的词语，

只好说，那是神仙才会过的日子。

可惜，美好时刻总是短暂。

不久之后，你们发生了一次争吵。

这个世界上的任何事，

有一就有二，有二就有N。

于是，慢慢地，

争吵成了生活里的常态。

当你意识到这一切的时候，

却忽然发现，

早已错过了缓和彼此关系最好的时机。

你说你度过了一段痛苦的日子，

那样的日子你也找不到特别好的形容词，

如果非要说的话，

你说，大概就是从神仙一样的日子，

忽然掉进了地狱里。

原本这也没什么，

最让人无法接受的，

是这其中巨大的反差。

于是你们都变得歇斯底里。

朝着彼此嘶吼，

认为是对方酿成了这一切。

若真有情，愿你爱得尽兴

后来，

你终于获得了解脱。

是因为那天，

你在整理以前的旧东西，

发现曾经让你怦然心动的事物，

不知从什么时候开始，

忽然就没有了意义。

于是，你将它丢到垃圾箱。

当你做出丢弃的动作时，

忽然明白现在的破碎和那些旧东西也没什么两样，

然后你下定了决心，决定离开。

哪有这么容易。

相爱可能是这个世界上最容易的事情之一，

因为那是属于本能的东西。

而告别却是最难的事。

你想，那些体体面面说分手的人，

一定经过了许多分手的历练吧。

UNIT4
把日子过成诗

青涩的你们，
总会揭开彼此最深的疮疤。
从如胶似漆，到反目成仇。
你发誓再也不会喜欢这样一个人，
你自责为什么当初会喜欢这样一个人
…………

喂，
我知道你，
你一定也经历过这样的时刻，
或者你此刻正在经历着。
可我还是想要告诉你，
别担心，
还记得那首歌吧，
就是中岛美嘉的那首《曾经我也想过一了百了》，
最后写着：
　"为了描写浓烈的希望，
　就必须先描写深层的黑暗，
　人生亦是如此。"

若真有情，愿你爱得尽兴

希望听到最后的你，
能积极地活着。

我们都曾经背离全世界拥抱一个人，
温暖得无可救药。
即使后来因为某些原因而转身告别，
却永远不会冰冷得无处可逃。
你值得更好的。

UNIT4
把日子过成诗

后 记

◆

有段时间，常常陷入对自己的困惑里。

不知道为何写作。

亦搞不懂生活的方向在哪里。

好像是陷入了某种循环。

浑浑噩噩过着每天的日子。

早晨起得很晚。

但人起来了，脑袋却没有。

刷牙，洗脸，穿衣，出门。

在家门口的快餐店里，吃刚刚蒸出来的小笼包和茶叶蛋。

坐公共汽车去公司。

因为那时候，正好住在公交车站附近，所以总能在最后排找到座位。

然后一边看着窗外风景，一边任由思绪飘荡。

若真有情，愿你爱得尽兴

偶尔打几个大大的哈欠。

公共汽车从青年路，一直向西。

经过十里堡、呼家楼、京广桥。

不算很远的路程，但有时赶上堵车，就要走那么一个钟头。

当时公司所在的地方叫复兴大厦。

离三里屯只有不到五百米的路。

办公楼里的公司格外多，楼下那部电梯每次都要等上半小时才能挤得上去。

这样的状态并未持续。

我是说，那种浑浑噩噩、没有斗志的日子。

像是遵循着某种节奏，偶然袭来，倏忽而去。

庆幸的是，写作的习惯，即使是在一塌糊涂的日子里，仍旧坚持了下来。

之前我曾经说过，写字有治愈疼痛的力量。

这对我而言，确实如此。

时间的概念好像不再有。

整个人都沉浸在了某个世界里面。

像是逃离。

后记

或是治愈。

有人问我：
为什么要在最后，写上和咸菜之间的感情。
毕竟爱情是两个人之间的事。
我想了想。
—其实，在我内心的期许里，是希望着，如果有人能在感到困惑的时候，感到理想无法再坚持下去的时候，读完这本书，可以稍微找到点希望。
无论工作还是生活，都是如此。
因为希望，才是生命里，真正重要的事。

书里的文字结束了。
我的内容还是会继续更新在公众账号和微博里。
希望能继续带给你一些力量。

勺布斯
2016年7月22日
北京

若真有情，愿你爱得尽兴

图书在版编目（CIP）数据

若真有情，愿你爱得尽兴/勺布斯著.—长沙：湖南文艺出版社，2017.3
ISBN 978-7-5404-7853-7

Ⅰ.①若… Ⅱ.①勺… Ⅲ.①散文集—中国—当代Ⅳ.①I267

中国版本图书馆 CIP 数据核字（2016）第 270614 号

上架建议：畅销·文学

RUO ZHEN YOU QING,YUAN NI AI DE JINXING
若真有情，愿你爱得尽兴

作　　者：勺布斯
出 版 人：曾赛丰
责任编辑：薛　健　刘诗哲
监　　制：蔡明菲
特约策划：西　离
特约监制：董晓磊
文案编辑：尹　晶
营销编辑：李　群　张锦涵
封面设计：侯霁轩
封面插图：LOST7
版式设计：潘雪琴
出版发行：湖南文艺出版社
　　　　　（长沙市雨花区东二环一段 508 号　邮编：410014）
网　　址：www.hnwy.net
印　　刷：北京京都六环印刷厂
经　　销：新华书店
开　　本：880mm × 1270mm 1/32
字　　数：200 千字
印　　张：11.75
版　　次：2017 年 3 月第 1 版
印　　次：2017 年 3 月第 1 次印刷
书　　号：ISBN 978-7-5404-7853-7
定　　价：39.80 元

质量监督电话：010-59096394
团购电话：010-59320018